我自
我的田渠
归来

张晓风 著

湖南文艺出版社
HUNAN LITERATURE AND ART PUBLISHING HOUSE

博集天卷
CS-BOOKY

我自我的田渠 _

归 来

目 录
Contents

兔子庆生记
（新版代序）
·001·

自 序
·005·

小 令

我自我的田渠 _
归 来

中 调

长 调

后 记

我自我的田渠 _
归 来

兔 子 庆 生 记

（ 新 版 代 序 ）

一

所有的书，在我看来，大概应该像草原上的灰兔子吧！兔子没什么大不了，但至少，它仍是一条命。既是一条命，就该在草丛里奔跑，在阳光下跳跃，就该安享天年。或者，如果幸运，就变成人瑞，哦，不，兔瑞。

奇怪的是，这年头兔子纷纷成了"短命兔"，才活一个月，就匆匆消失了。它们都去了哪里了？原来有一只名叫"商业取向"的狼，它的胃口很大，这些兔子后来都祭了恶狼的五脏庙。只有少数兔子逃过此劫，我们不妨设想有只兔子在树丛下碰到另一只，它们之间的对话是这样的：

"Hi！ B兔子！你几岁了？怎么居然还活着！"

（抱歉，这只 A 兔子最近响应英明领导的号召，正努力学习英文，所以说起话来难免洋腔洋调。）

"Hi！ A 兔子，我三岁了，还活着，你呢？"

A 兔子说它四岁了，它俩于是各自额手称庆，因为兔子的平均寿命如今已经降为三十天零十二小时，所以它们俩决定要来开一场耄耋庆生会，它们找来一堆胡萝卜，高高兴兴地大吃一顿，算是仪典，庆祝它们至今没有被野狼吃掉。

二

好了，兔子的故事也发生在我身上。九歌出版社认为我十一年前出的《我知道你是谁》如今还活着，算是小小奇迹。经商议决定要重新付梓，于是把它放大了百分之二十，并且要求我再写一篇序，我想，这算什么，于是大声抗议道：

"人家陶渊明全集，从晋代印到现代，千把年了，也不知多少版了，并没见陶渊明写什么'新版序言'。"

"咦，你要搞清楚，人家陶渊明可没有拿什么版税哟！"

我语塞了。

（以上对话，并未发生，是我想象中的场景。）

"那，我该写些什么呢？"

"随便你啦，反正是新书上架，意思意思就好了！"

"可是，我也不太觉得可喜可贺啊！"

"你不要贪心不足，这已经不容易了。"

"可是，我小时候，以为天下的书都是永恒的。我也以为图书馆是永恒的。"

"现在不同了，现在的书等于杂志，过了一个月就没有市场了。奇怪的是从前是'写书的人少，读书的人多'，现在，反过来是'写书的人多，肯看书的人太少'。何况，连图书馆也在丢旧书，好腾出架子来放新书。"

"旧书连放一下，也不行吗？"

"有时候是的，它们会被送去做纸浆。天下最幸运的书被放在读者的案头，其次则在书店或图书馆的书架上，等人来问津。再其次则躺在仓库里。最倒霉的就是做纸浆了。"

"现在到处是声音，却缺乏倾听者吗？"

"是的！"

这样看来，十一年来有人继续倾听我，应该是一件值得感恩的事，一只小兔子在草原上跑了十一年，还没有被大野狼吃掉，当然该说几句话。

三

　　要说的话是什么呢？我想是，让草原上多有些活蹦乱跳的兔子吧！只剩下一只游目四顾的大野狼有什么好玩呢？

　　不管你说哪一种语言，不管你自认属于哪一个族群或阶层，不管你的政治意识形态是什么，但愿，文学，是大家最后的交集点。

　　文学像家族中的新生儿，新生儿的眼睛，每个贺客走来都会对他清澄无邪的眼睛望一望，那眼睛什么也没说，却仿佛洞悉一切，照彻一切。所有的人也都在那一望之间喜悦无限，悦足无限。

　　我很高兴从上个世纪，就跟你一起过到现在，跟你同望着一双明眸到现在，你也是这样喜欢着这件事吗？

　　　　　　　　　　　　　　　　　　　　　　晓　风

　　　　　　　　　　　　　　　　　　　　　　1994.3.15

自　序

一

　　L 从德国回来，照例要把自己分给报社、分给娘家、分给朋友，百忙中，她要我去和她见一面。

　　"因为有一句话一定要告诉你。"她在电话里强调。

　　是什么话呢？我有点好奇，及至见面，才弄懂了，原来她急着见我一面是为了想骂我。

　　"我在德国教台湾文学，教到你的散文才发现你用字的功夫，我真怕那些德国人不懂——可是，能写出那种东西的人，现在怎么在《"中时"·人间版》报纸上写这些小东西，太糟蹋自己了，我真想打你！"

　　乖乖，真厉害，这种朋友真是孔子说的"畏友"，居然要打人——

　　我笑笑，没理她，把话岔到别处去了。

　　写那种六百字的小专栏并非我的本意，是《"中时"·人间版》出的题目。我这人做事有点像《论语》上说的"无可无不可"，但一经答应，就得写一年五十二篇，想想，也有点佩服自己的孜孜苦劳。写久了这种"豆干体"的小文章，自己看着倒也并不讨厌。可是，在 L 看来，我算是堕落了。我想，我也真得小心，篇幅小，是一回事，我要当心，不要把自己写小了。

　　不久，又碰到诗人 G 和诗人 C，他们两个对我那些短稿却大加称赏，说：

　　"虽然小小一篇，可也不容易，要写到有味道，很难哩！"

　　我也赶快想法转说别的事——虽然心底里巴不得这种话题永生永世地说下去才好。这话多么好听啊！

　　但写文章这件事，是必须宠辱皆忘的，否则一赞一喜，一贬一愁，人大概不久就变成球场上的篮球，一上一下，一下一上，不发疯才怪！

　　人的一生总要有最爱的人和最爱的东西，人总要有自己"至死靡它"的对象，你可以精明，可以在每一件事上锱铢必较，可以对人对事历历分明到冷酷无情的程度——但你总要对一个人一件事例外。文学，是我的至爱，我只想简单地面对一张纸、一支笔，简简单单地写下去。

　　朋友劝谏我，我感激，（试想，中年以后，除了朋友，谁还会傻里傻气地直话直说，告诉你，你写得不好？）朋友溢美之词也一笑谢过，也许他们只是善意，只是相濡以沫，你大可不必信以为真。

我猜想，我当时之所以答应写那些短稿，其实也是一番以今日之我去与昨日之我较劲的意思。希望打完橄榄球之余也试试乒乓球——那样小小一丸，要想打好，大概也不会是一件简单的事。我喜欢用各种球来试试自己的各种身手。

二

有一次，去办某项手续，一切都办完了，他们要我签个名，我于是坐下，从皮包里掏出笔来，然后把皮包放在地上，签了名。

仅仅那么一秒钟，我一低头，皮包竟给人偷走了。

那一霎我人都呆了，我想起大皮包里的钱、钥匙、种种证件，全给一起偷走了……

我像傻瓜一样站在柜台前，手里握着我仅仅剩下的财物，一支笔，刚才签名用的。

虽然沮丧，但一瞬间，有个念头，仿佛万道霞光破云而出。

"你，还有一支笔。"

这是六年前的事了，我至今记得手里握着一支笔呆站在那里的傻相。

只剩一支笔，我想那样的人生还是幸福的。

三

联合报系在圆山大饭店举办"四十年来文学"的研讨会，海峡两岸一时"群贤毕至"，纽约、香港等地的文人也来了，真是"谈笑皆鸿儒"。

然而，却有一人令我难忘，那人是圆山大饭店的侍者。台上演讲正在进行，他为我们斟水，斟到我面前，看了一下我的名牌，他轻轻地说：

"你的文章写得好，我爱读……"

其实每个作者求的，大概就是这么一句话吧？我在会上遇见许多伟大的名字，其中也有一部分人给我谬赏，但这一位不知名的侍者却更令我感激。原因是他并不属于文化圈，他是一个市井小民——其实，他们才是我真正渴望触及的一群，共产党爱说"普罗大众""普罗文学"，其实文学世界自有更好的方法，作者只管写自己想写的，只要社会进步，一个侍者也照样是一个好读者。作者何必一定要降低，读者也有可能升高的啊！

那侍者也许为别人斟水，但我很荣幸，我是伺候那侍者的人，我是为斟水者斟水的一个作者。

四

要出书了，我偷用宋词的方法，把我的文章简简单单地归了类。短的叫"小令"，中的叫"中调"，长的叫"长调"，可说十分明了。

书中的字是用老式铅字排的版，由于近年来电脑排版太盛行，老式铅字式微，老厂纷纷转业，我不忍，很想在自己的书里留下老铅字的韵味。以前，我的书的设计往往喜欢用新东西，例如我是第一个坚持用雾面来处理封面的，又例如我也是第一个用"优质纸"来印书以凸显彩色印刷的。

五

有件好事，应该附带一提，我书里魂思梦想的那栋国学讲坛已经在一九九三年五月落成。当我承汪校长的盛情前去台中启钥的刹那，内心一方面欢喜万分，一方面也戒慎恐惧。欢喜，是因为美梦成真；戒惧，是怕如果国学不传，徒然糟蹋了精致的殿堂。

书出之日，我想借《我有一个梦》的句子来作为本文的结语，也兼作对人世的祝福：

……可是，现在是春天，一切的好事都应该有权利发生。

似乎是仗了好风好日的胆子，我于是走了进去……

——一九九四年三月

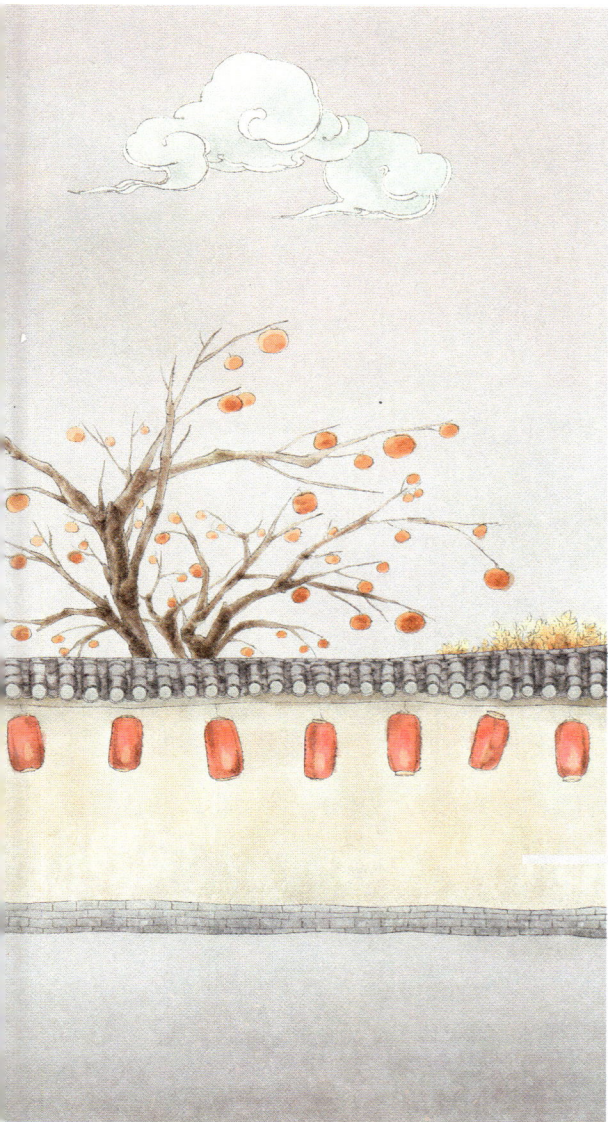

小　令

我自我的田渠
　　归来

不知道他回去了没有？

车子是一辆野鸡车，拉够客人就走的那种。路程是从中坜到台北——一小时的因缘聚散。

大家互不相识，看来也没有谁打算应酬谁，车一上路，大家就闭目养起神来。

"慢点，慢点，"后座有一个老妇人叫起来，"不要超车——"

"免惊啦！"司机是志得意满的少年家，"才开一百就叫快，我开一百四都不怕的。"

大家又继续养神，阳光很好，好得让人想离开车子出去走走。

"要说出事情，也出过一次的啦！"没有人问他，他自顾自地说起来，"坏运，碰到一个老芋仔（指老兵），我原来想，这人没有老婆儿子，不会来吵。后来才知道，他的朋友不知有多少哇！全来了，我想完了，这下不知要开多少钱。最后他们老连长出来说话了，他说：'人死了，不用赔。火葬费我们大家凑，也不要你出。但有一天可以回大陆的时候，你就要给他披麻戴孝，把他送回安徽去下葬。'

"安徽？阿娘喂，我哪里知道安徽在哪里啊？

"可是那时候也没办法，他又不要钱，我只好答应了。现在那老连长还一年半载就打电话来，我想想就怕，安徽是不是比美国还远啊？"

——这是十五年前的旧事了，开放回大陆探亲以后，我常想起司机口中那遭人撞死的老芋仔。他，和他的骨灰，不知有没有回去？不知有没有人为他披麻戴孝地送他回到安徽？

——一九九二年二月十二日《"中时"·人间版》副刊

盒 子

过年，女儿去买了一小盒她心爱的进口雪藏蛋糕。因为是她的"私房点心"，她很珍惜，每天只切一小片来享受，但熬到正月十五元宵节，也终于吃完了。

黄昏灯下，她看着空去的盒子，恋恋地说：

"这盒子，怎么办呢？"

我走过去，跟她一起发愁，盒子依然漂亮，是闪烁生辉的金属薄片做成的。但这种东西目前不回收，而，蛋糕又已吃完了……

"丢了吧！"我狠下心说。

"丢东西"这件事，在我们家不常发生，因为总忍不住惜物之情。

"曾经装过那么好吃的蛋糕的盒子呢！"女儿用眼睛，继续舔着余芳犹在的盒子，像小猫用舌头一般。

"装过更好的东西的盒子也都丢了呢！"我说着说着就悲伤愤

怒起来，"装过莎士比亚全部天才的那具身体不是丢了吗？装过王尔德，装过塞缪尔·贝克特，装过李贺，装过苏东坡，装过台静农的那些身体又能怎么样？还不是说丢就丢！丢个盒子算什么？只要时候一到，所有的盒子都得丢掉！"

那个晚上，整个城市华灯高照，是节庆的日子哩！我却偏说些不吉利的话——可是，生命本来不就是那么一回事吗？

曾经是一段惊人的芬芳甜美，曾经装在华丽炫目的盒子里，曾经那么招人爱，曾经令人钦慕垂涎，曾经傲视同侪，曾经光华自足……而终于人生一世，善舞的，舞低了杨柳楼心的皓月；善战的，踏遍了沙场的暮草荒烟；善诗的，惊动了山川鬼神；善于众敛的，有黄金珠玉盈握……而至于他们自己的一介肉身，却注定是抛向黄土的一具盒子。

"今晚垃圾车来的时候，记得要把它丢了，"我柔声对女儿说，"曾经装过那么好吃的蛋糕，也就够了。"

——一九九二年三月八日《联合报》联合副刊

我自我的田渠
归 来

可　爱

酒席上闲聊，有人说：

"哎哟，你不知道，她这人，七十岁了，雪白的头发，那天我碰到她，居然还涂了口红，血红血红的口红呢！"

"是啊，那么老了，还看不开……"

趁着半秒钟的"话缝"，我赶紧插进去说：

"可是，你们不觉得她也蛮可爱的吗？等我七十岁，搞不好我也要跟她学，我也去抹血红血红的口红！"望着惊愕地瞪着我的议论者，我重申"女人到七十岁还死爱漂亮，是该致敬的"。

记得有一年，在马来西亚拜访一位沈慕羽老先生。古老的华人宅第中，坐镇着他九十多岁的老母亲，我们想为她拍一张照，她忽然忸怩起来，说：

"等一等，我今天头发没梳好。"她说着便走进屋去。

　　在我看来，她总共就那几根白发，梳与不梳，也不见得有差别。可是，她还是正正经经地去梳了头才肯拍照。

　　老而爱美的女子别有其妩媚动人处。

　　又有一次，听到有人批评一位爱批评人的人。

　　"可是，听你们说了半天，我倒觉得他蛮可爱，"我说，"至少他骂人都是明来明去，他不玩阴的！人到中年，还能直话直说，我觉得，也算可爱了！"

　　有人骂某教授，理由是：

　　"朋友敬酒，他偏说医生不准他喝。不料后来餐厅女经理来敬酒，他居然一仰脖子就干了，真是见色忘友！"

　　"哎呀！"我笑道，"此人太可爱了。酒这种东西，本来就该为美人喝的，'见色忘友'，很正常啊！"

　　我想，我动不动就释然一笑，觉得人家很可爱，大概是由于我自己也有几分可爱吧。

——一九九二年一月一日《"中时"·人间版》副刊

"黄梅占"和稼轩词

我在一樽小小的玻璃罐子前站住了。只因罐子上有三个字:

黄梅占

这里是香港的超级市场,架上货色齐全,而顾客行色匆匆,各人推着购物车义无反顾地向前走。唯有我,为一个名字而吃惊驻足,只因为它太细致太美丽。黄梅和占卜放在一起会是什么意思呢?

记得辛稼轩的词里有一句:

试把花卜归期

才簪又重数

写的是女子在凄惶的期待岁月里变得神经质起来。于是拔起鬓边的春花,十分迷信十分宿命地数起花瓣来,想在一朵花的数学里面去找出那人几时回家的玄奥——然而,她对答案并不放心,她决定从头再数一遍……

而这小小玻璃瓶中的黄梅，又如何用以占卜呢？黄梅是指蜡梅花吗？梅花是五瓣的，而用来占卜的花应该是重瓣的才对。唉！"花卜"真是一种美丽的迷信。自从有了长途电话，数着花瓣计算归期的企盼和惊疑都没有了，"重逢"竟成了时间表上确确实实的一道填充题。

我是从稼轩的词里认知了那一代女子的清真明亮和婉约多姿的。

而眼前的这"黄梅占"究竟是什么东西？我仔细拿起瓶子一看，不禁失笑，原来只是一瓶果酱！香港人用音译的方法把果酱译成"占"。黄梅则指的是一种经由桃杏嫁接而长出的水果。虽然觉得被标签摆了一道，我还是买了一罐"黄梅占"——像一个虚荣的女子，既被甜言蜜语所骗，便也不打算拆穿。回到家，慢慢地品尝，因为有大块果肉，嚼起来十分甘美。这，或者也算古诗词的某种滋味吧？

——一九九二年一月十五日《"中时"·人间版》副刊

老教授所悬的赏

她大三，在公认最好的 T 大读书。

这几天是寒流过境的日子，也是停课考试的季节，整个校园有点狩猎的意味，人人摩拳擦掌，等待逐鹿天下。

她走来逛去想找到一个比较好的读书位置。

忽然，远远在布告栏里，她看到一个大大的"赏"字。

她近视，需要走近才看得清楚，但为什么要走过去看呢？她问自己，是单纯的好奇，还是对一切赏格都有一份贪婪？究竟是什么人为什么事赏些什么呢？

按照惯例，一切的布告栏都该标出张贴人的名号，以示负责。她看了一下，原来是植物系的李教授张贴的。她在通识课上选过这位教授的课，是一位很具真性情的老教授。

全张布告是这样写的：

赏枫

要趁早

钱穆先生纪念馆　9:00~17:00

枫要正红（周内即逝）

美景共赏

地址：外双溪东吴大学内　素书楼

　　所署的日期是一九九二年一月九日，布告的左上角还画了一枚五角的枫叶，中间涂上红色的网格。

　　布告是影印的，想来老教授在全校各处悬了不少张这种"赏"吧！

　　不知有几人会在考试季节去赏枫，但至少，她感到一树枫叶的绛红在眼前炫其光彩——透过老教授所悬的赏。

　　　　　　　　——一九九二年一月二十九日《"中时"·人间版》副刊

小 令

这些石头，不要钱

　　朋友住在郊区，我许久没去他家了。有一天，天气极好，我在山径上开车，竟与他的车不期而遇。他正拿着相机打算去拍满山的"五节芒"，可惜没碰上如意的景，倒是把我这个成天"无事忙"的朋友给带回家去吃饭了。

　　几年没来，没料到他家"焕然一旧"。空荡荡的大院子里如今有好多棵移来的百年老茄冬，树下又横卧着水牛似的石头，可供饱饭之人大睡一觉的那种大石头。

　　我嫉妒得眼珠都要发红了，想想自己每天被油烟呛得要死，他们却在此与百年老树共呼吸，与万载巨石同座席。

　　"这些石头，这些树，要花多少钱？"

　　"这些吗？怎么说呢？"朋友的妻笑起来，"这些等于不要钱。石头是人家挖土，挖出来的，放在一边，我们花了几包烟几瓶酒就换来了。树呢，也是，都是人家不要的。我们今天不收，它明天就要被人家拿去当柴烧。我们看了不忍心，只好买下来救它一命。"

看来他们夫妇在办老树收容所了。

"怎么搬来的？"

"哈，那就不得了啦！搬树搬石头可花了大钱，大概要二十万呢！"

真不公平，石头不要钱，搬石头的却大把收钱。

我忽然明白了，凡是上帝造的，都不要钱，白云不以斗量求售，浪花不用计码应市。但只要碰到人力，你就得给钱。水本身不要钱，但从水龙头出来的水却需要按度收费。玉兰花不要钱，把花采好提在花篮里卖就要钱了。

如果上帝也要收费呢？如果他要收设计费和开模费呢？果真如此，只要一天活下来，我们任何一个人都要变得赤贫，还不到黄昏，我们已经买不起下一口空气了。

我躺在这不属于我的院子里，在一块不经由我买来的石头上，于一个不由我设计的浮生半日，享受这不须付费的秋日阳光。

——一九九二年二月五日《"中时"·人间版》副刊

传说中的宝石

　　那年初秋，我们在韩国庆州吐含山佛国寺观日出。

　　清晨绝冷，大家一路往更高更冷的地方爬上去，爬到一座佛寺，有人出面为那座并不起眼的佛像做一番解释：

　　"哎哟！你们来的时候不对！如果你们是十二月二十二号那天来，就不得了啦！那菩萨的额头中间嵌着一块宝石呢！到了十二月二十二号那天早晨，太阳的角度刚好照在那块宝石上，就会射出千千万万道光芒，连海上远远的渔船都看得见呢！"

　　我们没有看到那出名的"石窟庵菩萨"的奇景，只好把对方词不达意的翻译放在心上，一面将信将疑地继续爬山路。那天早晨我们及时到达山顶，兴奋地从云絮深处看那丸蹦跃而出的血红日头。

　　每想起庆州之行，虽会回想那看得到的日出胜景，却不免更神往那未曾看到的万道华彩。其辉灿绚丽处，果如传说中说的那么神奇吗？后来又听人说，那块宝石早就失窃了。果真失窃，那么，看不到奇景的遗憾，就不仅是我一个人的了。这件事在我心里渐渐变成一件美丽的疑案，我常想，如果宝石尚在，每一年的某月某时某分，太阳就真可以将一块菩萨额头的宝石折射成万道光芒吗？我不知道，然而，我却知道——

如果，清晨时分我面对太阳站立，那么，我脸上那平凡安静的双瞳也会因日出而幻化为光辉流烁的稀世黑晶宝石！不必等什么十二月二十二日，每一天的日出，我的眼睛都可自动对准太阳而射出欢呼和华彩——并且，这一块（不，这两块）永不遭窃。除非，有一天，时间之神自己亲手来将它取回。

我于是憬悟到自身的庄严、灿美，原来尤胜于在深山莲花座上趺坐的石佛。

————一九九二年二月十九日《"中时"·人间版》副刊

致友人谢赠

——寄 S

谢谢你赠我一袭睡衣。

是何处裁得的湖蓝，是哪里抽来的霞缕，织就这样一身柔和如秋芒的睡衣。

睡衣大约也是某种旅行装吧？穿上它，可以出发，前去赴梦。而梦泽千里，任人驱驰，那么，我想你赠我的，不仅是睡衣，还是梦乡的度牒了。我心感激，因为一切与梦相接的导体都神秘幽玄，令人迷乱欣喜。

唐人诗中每有谢友人赠茶的绝句，茶是山云相亲而结成的一叶幻象。饮茶的人饮的是片状的山脉和固体的朝露。留山风于舌尖，观青岚于茶烟，如此这般的魔术幻境，焉得不雀跃答诗。

我不能诗，只好以文来谢你赠衣之情。

但首先容我说，你不乖，不是天主的好女孩。你病了，我去看你，但我却不是去看"一位病人"，我是去看一个在人世间跋生活之艰、涉创作之险的女子。我去看你不是缘于怜悯，是出于尊敬。你却耿耿于怀，觉得过意不去。你叨叨念念，不能忘，也不肯忘。

亲爱的朋友啊，你为什么不能理直气壮地去承受别人的善意呢？如果蓝天可以忘记白云的拂拭，如果老树可以忘记黄鹂的啭歌，你也快快忘了我那天小小的造访吧！否则我也不安啊！你病了，你的膝盖不好，这件事就像古希腊神话里"阿喀琉斯的脚跟"一样无奈。生病，在我看来，是大事，生病的人应该在自己的职业栏里填上"生病"二字才对。和病缠斗，是一份全职（full-time job），是全天候的值勤，生病是亟须"敬业精神"的呢！

睡衣极美，但下次如果你想到送我什么，请送我一颗大喇喇的受之无愧的心。

——一九九二年一月二十二日《"中时"·人间版》副刊

我自我的田渠
　　　归 来

饮　者

在中国大陆冬季的盛雪中行山路，我到小铺里买了一小瓶100CC 的四川茂公酒厂出的大曲，倒也不是因为想喝，而是觉得放它在皮包里便有份安全感，有份暖意，仿佛偷藏了一部自力发电的内燃机。

走离山道，来到小城，那城叫"大墉"。整个城都仿佛仍是古代的墉国，静静的、悠悠的、尘埃仆仆的。

我走到人声沸扬的市集上，东张西望，望到一个卖酒的女人。那女人像个魔法师，紧紧看守着面前一桶桶神奇的魔术，眼神淡淡的，仿佛穿越时空。我走上前去一一问酒名，她也一一答复：

"这是果子酒，什么果？很多种果子说不清啦！这是米酒，这是苞谷酒……"

"等一等！等一等！这是苞谷酒吗？"

"是，是苞谷酒。"

"我要买一点。"

"你有酒瓶吗？"

原来这里打酒要自备酒瓶的。我当机立断，打算把我的大曲酒找个人送掉，只留瓶子。旁边另外有个女人立刻去找了个杯子盛了我的酒拿走了。

"奇怪哩，大曲贵，苞谷酒便宜，你这人怎么倒掉大曲去买苞谷酒？"

我笑而不答。

终于买了100CC的苞谷酒，一路走一面抿上一小口，觉得仿佛在吞食液态火焰，怎么向市集上的那些人解释呢？只为读过古华的《芙蓉镇》，那小说里有一坛苞谷酒。此番买酒只为领略故事中郁郁烈烈的风情，只为知道世上有某种强劲力道。

那100CC的酒，一直回到台湾还剩一口没喝完呢！但我却自许为"饮者"，急于饮下"未知"。

——一九九二年三月十八日《"中时"·人间版》副刊

一只丑陋的狗

久雨乍晴，春天的山径上鸟腾花喧，无一声不是悦耳之声，无一色不是悦目之色。

忽然，跑来一只狗，很难看的狗，杂毛不黑不黄脱落殆半，眼光游移戒惧，一看就知道是野狗。经过谨慎的分析，它断定我是个无害的生物，便忽然在花前软趴趴地躺下，然后扭来扭去地打起滚来。

我的第一个反应是厌恶，因为这么好的阳光，这么华灿的春花，偏偏加上这么一只难看的狗，又做着那么难看的动作！

但为了那花，我一时不忍离去。奇怪的是，事情进行到第二步，我忽然觉得不对了，那丑狗的丑动作忽然令我瞠目结舌，因为我清楚地感知，它正在享受生命，它在享受春天，我除了致敬，竟不能置一词。它的身体先天上不及老虎花豹俊硕华丽，后天的动作又不像受过舞蹈训练的人可以有其章法，它只是猥猥琐琐地在打滚——可是，那关我什么事，它是一只老野狗，它在大化前享受这一刻的春光，在这个五百万人的城市里，此刻是否有一个人用打滚的动作对上帝说话：

"你看！我在这里，我不是块什么料，我活得很艰辛，但我只要有一口气在，我就要在这阳光里打滚，撒欢，我要说，我爱、我感谢。我不优美，但我的欢喜是真的。"

没有，城市族类是惯于忘恩负义的，从不说一句感谢，即使在春天。

那一天，群花在我眼前渐渐淡出，只剩那只老丑狗，在翻滚唱歌，我第一次看懂了那么丑陋的美丽。

——一九九二年三月二十五日《"中时"·人间版》副刊

盘

颁奖典礼结束了，我看到他迎面走来，今天他既不是领奖人，也不是颁奖人，他是个安静的帮场人。

他的职业是电视台的美工。不过，照我想，电视台大概不十分需要大刀阔斧的美工。每次跟戏，他不忍让自己的两手闲着，所以就拿些竹子来雕，雕久了，也就自然变成了一个竹雕艺术家。

看到他走过来，心里万分高兴，手心里立刻充满上次把玩那些竹器的温凉清润的感觉。这时，一位夏夫人刚好走过，我忍不住立刻拉住她，很"鸡婆"地说：

"你知道吗？他是个竹雕艺术家，小小物事，你不知雕得有多可爱呢！"

年轻的"竹雕人"身上刚好带着照片，便掏出来给夏夫人看，雍容的夏夫人一面看一面颔首微笑说好，但我却火焦起来，一面结结巴巴气急败坏地分辩道：

"不是的！不是的！真的全不是这回事，这些照片不对！完全不对！……那些竹雕一进了照片就完了，那竹雕真的放在你手上的时候才不是这样的呢！完全不是的，跟照片完全不一样……"

"我知道，"夏夫人娴雅凝定，"竹雕，大概像玉一样，要'盘'。"

我松了一口气，我情急之间找不到的那个字，她轻轻易易就吐出来了。

"盘"是玩玉的人专用的动词，它不是摸不是搓不是揉甚至不是爱抚，它是手指的试探，是以肌肤的贞静柔温去体念器物的贞静柔温。"盘"是物我之间眼神的往返顾盼，呼吸脉搏中的依依相属。

啊！我也要好好地盘一下，盘一下我所拥有的岁月和记忆。

————一九九二年四月一日《"中时"·人间版》副刊

致 L

亲爱的 L：

接到你的信令我错愕惊讶——不是因为你信里的内容，而是因为世间竟有女子如你，如你这样侠骨柔情。

你写信，是急于告诉我 T 多么歆羡我的文字。你真的有些急了，你大概觉得我如果不知道此事，该是极大的遗憾。

然而，可爱的侠女啊，其实我是知道的，早在二十年前，有一次，在一次冗长的什么大会之后，T 曾给我一张小小的名片，片子后面写满了他对我的期许。那是个什么名目的大会我早忘了，但那张小小的卡片，于我却是一生一世的感念。

说起来，这件事，连 T 自己也未必记得吧！

反而，我是记得的，我记得别人对我的肯定，我真的既愧又喜，绝不敢怠慢亵渎。

　　但是，亲爱的 L，如果你要说的是，T 是普天下最拥戴我的人，我也许也有另一项数据要告诉你：我——我自己——是普天下最挑剔我的作品的人。行年愈长，肯指正你的人便愈少，如果不强令自己做自己的对头，又怎能有分毫的进步呢？我知道 T 是诚恳的，他誉我为登高好手，我感激——但我却明明了解，还有更高的海拔是我没能到达的。

　　因此，选择孤独对写作者而言几乎是必要的。但逃开令人生畏的冷眼容易，逃开令人开心的掌声难，真正的写作者必须两者都放下而游开去，像鱼，共一个江湖，却悠然相忘。

　　那些喜爱我文章的人，是为何而喜爱呢？岂不是因为我有一点用功，有一点认真，因而有一丝半毫心得吗？我多么希望自己无负于那些温暖的期望，如果我怠惰了，那才是我此生最大的罪恶。至于疏于礼数，恐怕只好靠朋友曲谅了。

　　文学令我情深，也逼我情薄；知我罪我，我皆无悔啊！

　　　　——一九九二年四月二十二日《"中时"·人间版》副刊

大寒

小 令

傻傻的妈妈

　　一位老邻居叫住我，要跟我说新邻居的事：

　　"你知道吗？我家楼下换了人啦！新搬来的这家也真好笑哩。"她说着，真的咯咯笑了起来，"这家妈妈自己跟我说的，她说她儿子去年联考没考好，今年重考，说不定就会考上台大哩！如果考上了，这间房子刚好近台大，所以虽然贵，她也买啦！买了好让儿子上台大方便嘛！"

　　"唉！"她忽然脸色一沉，"你知道吗？日本有一个字，叫——"

　　"什么？"我一点也听不懂她咕噜的一声日文是什么意思。

　　"这句话要是翻出来，就是'傻傻的妈妈'，世上就是偏偏有这批傻傻的妈妈——"

　　我忽然想起另一个朋友，他念哲学，他哥哥念物理，他的母亲有天一个人在家里发起愁来。

"她愁什么呢？"我还以为是愁两个儿子都念了冷门的科系。

"愁——哈！你猜！原来她愁如果有一天，我和大哥一同中科，一同拿下了诺贝尔奖，记者要来访问她，那时她该说些什么才得体呢？"

据说后来她不愁了，因为那篇谈话她已经想好该怎么说了，有备无患，她开始安心等待那一天来到。

傻傻的妈妈，痴心的妈妈——但，这是上帝的意旨啊！如果所有的母亲都能清楚评估自己的孩子的资质，我们还要母亲做什么用？她不过等于一个智商鉴定中心的职员罢了。

每一个孩子都是在"误以为是天才"的痴心奉献中才成长的啊！

——一九九二年五月七日《"中时"·人间版》副刊

半盘豆腐

　　和马悦然先生同席，主人叫了些菜，第一盘上来的是"虾子豆腐"。

　　后面几道菜陆续端来的时候，女侍轻声提醒我们要不要把前菜撤下。

　　席间几个人彼此交换了一下眼色，大家都客气，等着别人下决定。时间过程也许是一秒钟吧？女侍仿佛认为那是默许，便打算动手撤盘子了。

　　"哦——这——"马教授警觉到再不说话，那半盘豆腐大概就要从此消失了，但他又是温文的，不坚持的，所以他欲言又止起来。

　　女侍毕竟训练有素，看到主客的反应，立刻把盘子放回。

　　"啊——我——"马教授大约经历了一番天人交战，此刻不禁笑了，"我还老是记得自己是个穷学生的时候。"

穷学生？他现在已是退休的资深教授，是欧洲汉学的泰斗。是诺贝尔文学奖评审委员中唯一通达中文的委员。所谓穷学生，那分明已是四十多年前的旧事了。

是啊，四十多年前，因为想着要看比翻译本的《老子》更多一点的东西，他从瑞典远赴四川。穿一领蓝布大褂，让路人指指点点。那一年，那红颊的中国少女多么善睐其明眸啊！他终于娶了少女，把自己彻底给了中国。

但这一霎，我却深爱他介乎顽皮和无辜之间的眼神。终其一生，我想他都是那个简单的穷学生，吃简单的饭，喝简单的酒，用直来直往的简单方法为人处世，并且珍惜每一口美味，爱惜每一分物力。

多么好的人生滋味啊，都一一藏在那不忍拿走的半盘豆腐里。

——一九九二年五月十三日《"中时"·人间版》副刊

某个不曾遭岁月蚀掉的画面

　　她是我的朋友，我们很谈得来，那是三十年前，我读中学时候的旧事了。

　　我们彼此交换看作文簿，那大概等于成年人准许别人看自己的企划案吧！我隐隐了解她的父母和我的父母不是同一个阶层的人，但谁管那些呢？我们交往很久，彼此却没有去过对方的家。那时代女孩子放学和回家的时间都经父母算准了，去同学家玩是不成理由的。

　　有一天，大概是由于考试，提早放了学——我终于去她家玩了。她家离学校很远，是一个军眷村。其实我家也是军眷村，但低军阶的眷村不一样，看来像船舱，一大横排，切成许多豆腐块似的小间，而每间小豆腐都低矮仅能容身，倒也别有它的温暖。她的父母极老，她是晚生的小么女，大的嫁了，她等于是独女，很得宠，我也因此变成小小的上宾。

她家可能算眷村的"有钱人"，因为开了一间小杂货店，不时有小孩跑来买一颗泡泡糖或一瓶醋之类的。似乎还不到吃饭的时间，但不知为什么，二老忽然下决心非让我们吃一碗面不可。他们是旗人，说起客气话来特别好听，特别理直气壮。

面下好了，是麻酱面，只两碗，二老自己不吃。她的父亲负责把麻酱调稀拌匀——并且端上桌，然后他转身走开。他的脚不好，走起路来半步半步地磨蹭着往前挪。

就在他转身的那一霎，我忽然看见，他背过身去把筷子头上残余的芝麻酱慢慢舔食了。虽然看不见脸上的表情，但却直觉地知道他正十分珍惜地享受着筷尖那一点点麻酱的芳香。就由于那种敬慎珍重，使人不觉其寒酸，只觉得在窥伺一场虔诚恭逊近乎宗教的礼仪。

不知为什么，这样一个画面，在我心中竟保存了三分之一世纪而不能忘记。

——一九九二年五月二十日《"中时"·人间版》副刊

我自我的田渠
归来

我自我的田渠归来

近午的时候，暴雨倾盆，而且打雷。闪电劈过城市上空，整条巷子里有四五辆汽车给触动了防盗系统，纷纷大叫起来。一时之间，令人重温了古代山林里百兽啾啾狂啸的场面。

我放下手边的工作，直奔顶层阳台。果不出所料，排水孔给落花坠叶堵住了，积水盈尺，我赤着一双脚去清花叶，大水忽然找到出路，纷纷把自己旋成涡流，奔泻而下。

我全身湿透——既然湿透，也就没什么可忧可怕的了。干脆又探视了一下石斛兰、荷花、非洲凤仙和软枝黄蝉，倒有点像省主席微服出巡似的。

然后下楼，脱掉衣服，用大毛巾把自己擦干，又盛了一碗红心番薯汤来喝。汤里放了两片姜，暖辛暖辛的。这种煮法是某次在大屯山上跟山民学的。此刻热汤放在景德镇制的"米粒瓷碗"里饮来，竟觉这汤简直从口从舌从咽喉一路流到心窝里去了。真的，有些食物对我而言，是只入心室不入胃囊的。

我犹嫌它不够甜，于是又去冰箱里找来一罐从维琴妮亚农场买来的枫糖浆，加了一勺进去。于是，恍惚之间仿佛西半球的山川精华来和这中国大地里的红心番薯彼此融会贯通，连成一气，并且安静安详地盛在我的碗盏里，像澄澄湖水里卧着一丸艳艳的夕阳。

这一天，觉得自己极幸福；这一天，我是辛苦的老农，刚整理完田渠回家，浑身为雨水湿透，于是喝一碗红心番薯汤；这一天，我活得多么理直气壮啊！

——一九九二年六月二十四日《"中时"·人间版》副刊

公 平

他年轻——也许不是太年轻，可能是三十五，或三十六七。青春的光彩未失，却又可以偷偷地炫耀一份"安全的沧桑感"。（真正年华老去的沧桑感，美则美矣，却是回光返照的天鹅之歌。）

如果要为他加个头衔，大概是"旅美学人"吧！他写一点诗，诗里有一点甜质，有一点浪漫——很适合发表的那一种。

诗尾也许注着"寄自××"，那异国城市的名字是如此引人遐思，隔着重洋，那些奇特的拼音念起来清朗如花坞碎浪、梦里梵音。

有位文笔老辣的杂文作家，有次出国旅游，人到国外，赶紧写一稿寄回，文末巴巴地注上"寄自×城"，她开玩笑地说，好歹也要风光它一回哩！

然而那学人却篇篇都附上一个美丽的地名，令那些屡遭退稿的年轻孩子又妒又羡。

　　是痖弦的名句："短短的篇幅，淡淡的忧郁，浅浅的哲思，帅帅的作者。"

　　这样的话，简直是为此人说的。

　　然而，那人的诗却写得十分枯索黯败，如一卷因受潮而失真的录音带，属于人的原声和节奏全不见了，听来只知道有字有句，也听得懂那字那句，却全然不能碰触到一寸皮肤，更不要说触心了。

　　我忽然觉得这大约就是公平了！那人虽拥有这个世界所艳羡的少壮和学位，上帝却并没有把才气给他。他生命的筹码已够多，足以让他去纵横捭阖了——至于才气，上帝一向十分悭吝，毕竟，拥有才华便也是"小型的创世者"了，上帝岂肯将他自己的看家本领随便分给人呢！

　　　　　——一九九二年五月二十八日《"中时"·人间版》副刊

教堂和福州肉松

　　这条巷叫"花巷"，我是在福州市观光地图上找到的。图上说这里有一间教堂，于是打电话询问，教堂执事说，如果事先讲定，他可以给我们预留两张位子。天哪，上教堂还要预订座位，真是闻所未闻。

　　巷子实在窄，但奇怪的是也不觉其寒碜，只觉得像鹿港或旗山街上的某一处小巷弄，很人性化的空间。巷子回弯了几次，教堂到了，人当真挤得水泄不通，要不是事先订位，真的就要吃闭门羹了。中国大陆什么都要排队，没想到连上教堂也不例外。

　　坐了下来，知道这是一间古老的教堂，当年属于美以美会。会友除了老人，年轻的也居然不少。教堂中的众脸孔颇有点类似，眉目间都隐隐刻镂着四十年来的含忍与坚持。你会觉得他们像某种沙漠植物，用最卑微的姿势维持最低度的生存；长些枯苍的小叶子，伸出柔韧的枝杈——但只要一朝雨来，他们仍能灿然作花。

坐着坐着，忽闻炙肉的香气扑鼻而来，一时之间使人误以为教堂中正在进行古代的燔祭之礼呢。及至散了会，向别人一打听，才知道这花巷是有名的"肉松巷"。

小时候初到台湾，记忆中的肉松简直是珍肴。玻璃罐装，取名维他肉松，香酥焦黄，入口吱吱有声。可惜当时这种好东西是妹妹吃稀饭的专利，我则要碰到生病才有合法的"肉松权"。此刻多么希望能有法术把四十年前的妹妹招来，让她也流着口水看我吃一次肉松。

福州花巷里的肉松叫鼎日有，叫这牌子的，在台北好像也有一家。做完礼拜，我立刻跑去买一小包，一边走一边捏来吃。

这花巷真是一条好巷子：因为既有教堂，又有肉松。人类需要的，其实也不外就是这么一点点东西吧。

　　　　　　——一九九二年六月三日《"中时"·人间版》副刊

小 令

属于一枚咸鸭蛋的单纯

因为端午节来了，我遂下决心要去弄一个上好的咸鸭蛋来吃吃。

小小的一枚咸蛋，如果也要用"下决心"三字，未免言重了，但事实上却又的确如此。试想一个人生活里填满了堂皇的"正经事"，诸如上课、演讲、撰稿，"买咸蛋"的愿望遂变得非常卑微而不入流——可是，我真的想吃一个单纯腴美的咸鸭蛋啊！

咸蛋真的买来了，在端午节的前一日，我端坐桌上，觉得自己能安安静静吃一个咸蛋来配白饭，真是一件端午节的端正行为——相较于复杂的满桌盛馔。

所谓好咸蛋，不过是一枚好蛋，一把好盐，加上一点时间而已——奇怪的是市面上竟有九成以上的咸蛋完全不好吃。别说蛋，就连一碗好饭也难求，有一次在竹南山区里吃到极好的饭，于是惊问：

"这米哪儿来的，何处可以买？"

回答说：

"这是自己种的，不卖。留着自己吃。"

好咸蛋隔着蛋壳也能看见里面橙红橙红的卵仁，油滋含润，像云絮中裹的一轮旭日，清而艳。

这小小的掌中旭日却也自有它的尊严，它必须单纯地活着，才有意义。把咸蛋和清粥或干饭并列，自有无限田园佳趣。但如果放它在茄汁明虾或北京烤鸭旁边，它立刻变得什么也不是了，恰如草莽布衣，一入庙堂便生机断尽。

我只想单纯，而仅仅只求单纯的愿望，如今看来，好像也竟不单纯了。

——一九九二年六月十日《"中时"·人间版》副刊

嘘！我们才不要去管它什么毕业不毕业的鬼话

　　今年，我的女儿大学毕业，就某种错觉而言，我会觉得今年毕业的，都是我的小孩。那么，我亲爱的小孩，我来和你说段故事吧：

　　十七岁那年的某个夏夜，我因参加一项考试而投宿在一间简陋的客栈里。半夜，同学睡了，我还在读书。忽然，我觉得房间里有些异样，但并不可怕，抬头一看，原来有一根瓜藤，正在窗格间游走——我的天，它通体晶莹剔透，像一条活生生的青蛇，正昂首吐芯，探索而前。它的柔须纤弱如丝，却又强悍如钢，我看呆了。也不知是不是由于某种错觉，我竟听见它仆仆的脚步声。

　　瓜藤会生长，我当然是明白的，但一向都只是个概念性的知识。这一次不同，我竟眼睁睁看见它一寸寸把自己拉长，拉远，并且因而扩张了自己的疆界。原来植物有的时候简直也可以是动物的。许多年过去了，我一直不能忘记那瓜藤在黑夜中探索而前时令人心悸的颤动，对我而言，那幅画面大可题名为"青春"。

是的，青春，渴于探索叩路的青春。渴于求知，渴于了解，渴于爱和被爱，渴于出发，一再出发。

"毕业"？我不知道什么叫"毕业"，我知道的是另一种东西，名叫"探索"。嘘，我告诉你一项秘密，我们才不要去管它什么毕业不毕业的鬼话，我们来关心自己的探索生涯吧！

像一根夏季的瓜藤，在深夜时分喜滋滋地游走探路，每个时辰，它都在长成壮大，每一分钟，它都不同于前一分钟的自己，每一秒钟，它都更旺更绿。

如果你决定要做个毕业生，那随你；至于我，我仍然决定要做那根兴冲冲地往前猛生猛蹿的蔓藤。

我自我的田渠 _

归 来

"就是茶"

食堂其实只是个寻常的食堂，可是它临江。光这一点就不得了，浩浩大江仿佛伴奏乐队，在窗外伺候。更令人肃然的是，这江叫富春江，是元代黄公望曾以之入画，是汉代严子陵曾在岩滩上持竿垂钓的所在，是两千年来中国读书人一心向往的隐逸梦乡。

菜也做得清爽甘鲜。饭后，食堂中的女子端上茶来。茶味醇正端方。

"这茶，叫什么名字？"我问女子。

"这个，就是茶呀！"她也认真回答，声音轻柔利落。

此地近杭州，我在杭州城里刚订下一斤"雨前"，但这里的茶显然和我更投缘，味似包种而厚。

"我知道它是茶，可是，茶也有个名字，譬如说'龙井'啦，'白毫'啦，这茶叫什么名字呢？"

　　"啊，你说的那是城里，我们这里的茶没有名字，茶就是茶。"

　　我放弃了，我只好同意她，这茶没有名字，它简简单单，它就是茶。

　　我不是什么茶仙茶精之流的人，但也尝过不少种茶：像泰北的榴梿茶、英国人爱喝的苹果茶、粤人独钟的荔枝红、竹篓包装的六安茶、闽人的铁观音或道取中庸的"东方美人"、恒春那略带海风气息的"港口茶"……我甚至还应乌来一家茶肆之请替新茶命名，叫"一抹绿"。

　　可是，在浙江省富阳县，这美丽的小地方，那乡下女子却说这茶"就是茶"，我喜欢她这句话里的禅意，仿佛宇宙洪荒，大地初醒，那时男人就叫男人，女人就叫女人，茶就是茶。

　　在世间诸茶之中，我会常记得我曾喝过一盏茶，那盏没有名字的"就是茶"。

　　　　　　　　——一九九二年七月一日《"中时"·人间版》副刊

花盆的身世

窗台上放着个花盆，它本来是块石头，中间挖空了，周围加雕了六个人头，盆里养着常翠的叶子。

他，我的山地朋友，走进我的屋子，一眼就看到那个花盆。

"啊！"他平平静静地说，"这，是我师傅雕的嘛！"

倒是我吓了一跳！

"这是我跟大头目买的，大头目是你师傅？"

"是啊！我做雕刻就是跟他学的啊！"

"你怎么认出来的？"

"我一看就知道啊！"他说得轻松，仿佛这花盆是他弟弟，理所当然，他一眼就该认得。

"我看到这盆子的时候，盆里种着花，"我说，"我请大头目卖我，他不肯。可是我不忍走，一直蹲在地下看那花盆，他后来心软了，就把花改种到别的花盆里去，把这盆子卖给了我。"

　　他笑笑，淡淡的，看得出来他是喜悦的——但我忍不住奇怪，在离家近四百公里的大城里重逢师傅的手泽，如果是我，一定会垂泪，一定要大呼小叫，或者，至少也要唏嘘感慨，为这只花盆的前生后世而情伤。

　　可是，他不同，他是一个健康的山地男子，他用自己健康的情感来看师傅的作品。至于动不动就生"今昔之悲"，恐怕是出于汉民族特有的历史情怀吧！我想想，觉得他的反应其实也很好，再想想，我自己可能做的反应也不坏。

　　这以后，我似乎更珍重那花盆，因为它除了是大头目的作品，又是"朋友的师傅的作品"，简直有点"亲上加亲"的意味。于是，时不时地，我用喷雾器把石头花盆喷得潮潮润润的。我想骗骗那石头，让它误以为自己仍住在山上，仍然日日餐霞饮露，仍是一块含烟带雨的石头。

　　　　　　　　　　——一九九二年七月八日《"中时"·人间版》副刊

海滩上没有发生的事

天热了，学校离海不远，老师把学生带到海边去玩。他们不太敢让学生下水，怕出事。校长却不怕，他自己站在水深处，规定学生以他为界，只准在水浅处玩。

小孩都乐疯了，连极胆小的也下了水，终于，大家都玩得尽兴了，学生纷纷上岸，这时，发生一件事，把校长吓得目瞪口呆。

原来，那些一、二年级的小女孩，上得岸来，觉得衣服湿了不舒服，便当众把衣裤脱了，在那里拧起水来。光天化日之下，她们竟然造成了一小圈天体营。

校长第一个冲动便是想冲上前去喝止——但，好在，凭着一个教育家的直觉，他等了几秒钟。这一等，太好了，于是，他发现四下里其实并没有任何人在大惊小怪。高年级的同学也没有人投来异样的眼光，傻傻的小男生更不知道他们的女同学不够淑女，海滩上一片天真欢乐。小女孩做的事不曾骚扰任何人，她们很快拧干了衣服，重新穿上——像船过水无痕，什么麻烦都没有留下。

不能想象，如果当天校长一声吼骂，会给那个快乐的海滩之旅带来多么愁惨尴尬的阴影。那些小女孩会永远记得自己当众丢了丑，而大孩子便学会了鄙视别人的"无行"，并为自己的"有行"而沾沾自喜。

他们是不必拭擦尘埃的，因为他们是大地，尘埃对他们而言是无妨无碍的，他们不必急着学会为礼俗规范而羞惭。他们何必那么快学会成人社会的琐琐小节。

许多事，如果没有那些神经质的家伙大叫一声"不得了啦！问题可严重啦"，原来也可以不称其为问题的。

——一九九二年七月二十二日《"中时"·人间版》副刊

小 令

借光之夜

全黑了——一切目光可及之处。

原来停电了，停电原无不好，它可能带来文明世界不容易拥有的种种惊喜，例如重睹一颗小星的光华，例如制造一阵婴儿潮。

但我却哀叹顿足，我的手上有一百八十份学生大考的考卷，成绩必须在教务处规定的期限前交出，我的时间预算里从不曾料到会碰上一个无灯之夜。

点蜡烛吗？与友人秉烛夜饮倒是可以，用烛光阅卷则令人神昏气浊。不得已，我想在家附近找找看有没有哪家餐饮店是自力发电的，开车转了一大圈，一处也没找到。

走到信义路上，忽然，我发现有一个地方灯火极辉煌。凑近一看，原来是"交通部数据通信所"。

"奇怪，人家都停电了，怎么你们灯光辉煌？"我走进去问警卫，言下颇有点责怪之意。

"我们这里不能停电的呀!"警卫分辩道。

我也没有深究为何偏偏他们这里不可停电,既然连仁爱路和金山南路口的号志灯都停了。

我请警卫为我的水瓶灌满水,就在门口的照射灯下取出小说考试的卷子看起来。

由于对面是中正纪念堂,满街种着榕树和茄冬树,此地的夜居然凉风习习。我忽然想起后车厢里原有一张红底黑边的帆布椅,于是取出来,放好,舒舒服服地坐在门口照射灯下,做起现代的匡衡,公然借起光来。

如果这不算"工作室",至少也是"工作摊"吧!而且,由于没有电话电铃相扰,我效率十足地工作到午夜一时才依依离去。

日子,原来怎么都好过的。

——一九九二年七月二十九日《"中时"·人间版》副刊

取消的日程

打电话给朋友，他不在家，他的室友来接，这室友也是我朋友。

"咦？怎么是你在家，"我说，"我记得你今天是该去窑场的啊！"

他于是解释了理由，说今天去不成了。然后，话锋一转，他万分愉快地说：

"你知道吗？我最喜欢这种情况了，事情取消了——你忽然多出一整天时间来。"

他的声音兴奋得近于欢呼，我听了，也不禁大笑。回想一下，少年时期，大概不是这样的。那年龄，如果约好的事情临时取消，心情一定恚恚惘惘，几日不快。

现在却不然，不管是某个会议、某个饭局、某个演讲因故取消，都不免雀跃三尺。当然，其实某个会如果不爱去，就大可不去，不必等取消而后额手称庆。但事情没有那么简单，那个会议你虽不爱，但其间有责任有义务，说得堂皇些，还有使命感，如果无缘无故地不去，难免愧疚，人一愧疚就坐立不安，失去自在之心。试想你原来偷偷缺席无非是求自在，不料愧疚感一出现，自在反失去了，如此只得了个反效果，何等划不来。所以最好是因别人之故取消，不管是台风大作或是某人重病，罪既不在我，我也可以安享一日清静。

使命感是不可不有的。活在台北市，忙忙乱乱也是难免的。但是，我想说，但愿老天保佑，时不时地会有些日程遭取消。取消了的日程可能令我失去金钱，失去长进的机会，失去和顶尖人才会晤的缘分——但至少，在生命有限的时光筹码中我抢回了一整天，一整天什么都不必做，只需做自己。还有什么比一整天的投闲置散更好？一整天在茶在书在花在果在躺椅在几案间磨磨蹭蹭的好日子，这种失而复得的意外之财真令人可以笑歪了嘴！

——一九九二年八月五日《"中时"·人间版》副刊

我自我的田渠

归 来

金发美女

西洋人总以"金发美女"为正牌美女。

如果说白色人种对肤色有歧视的话，其实附带的，他们对发色也有严重歧视。西方文学作品里，红发女子大抵有暴烈、鄙俗的味道（这也是为什么在台湾大受欢迎的"清秀佳人"影集里，小女孩"安"对自己的一头红发会那么神经质。而她后来恢复正常也不是由于接受了自己的发色，而是，神话似的，她那一头赤发居然女大十八变，变成了金色）。而黑发美女又不免有神秘邪恶的气质，歌剧里的吉卜赛女郎属之。至于棕发和灰发，一般代表善良质朴，这种特质，男人固然不讨厌，但他们心目中真正美丽天真的正牌美女仍旧非金发者莫属。

就连中国旧小说里，提起器物上绘成的西洋美人，也不忘要强调一下金发碧眼，大概当时西洋画匠既不画别种发色，我们也就顺理成章以金发为正宗。

但事实上，金色不是一个稳重的颜色。所谓金色大抵一半属于色度，一半属于亮度，要长出这种颜色的头发可不简单。金发美女因此算是稀世之珍。童话故事中的公主，有精金之发，脂玉之肤，该是每个西方小男孩的童年梦想。

现实世界里所谓的金发，其实多半是棕黄（偏深）、麻黄（偏浅）、灰黄（偏脏）或是黯黄（偏枯），成分十足的黄金色委实难求。想想，金子最纯时，也不过是万分之九千九百九十九的比率，人发又能如何？

每次旅行在外，我总爱在人群间注意统计，到底有多少人拥有一头好金发（美人不美人姑且不论），求证的结果总是百不及一。而那唯一的一个是否靠人工加染亦未可知。

世事大概类皆如此，理想中的金发美女大概只好在神话和童话里骄傲地顶着她们的一头灿金了。

——一九九二年八月十二日《"中时"·人间版》副刊

折去的福

大街上有个女人站在七月的炎阳中。手里举个牌子。

"需要工作"，牌子上是这么写的。

"狗食即可"，牌子下面附注了这么一排小字。

而这里是美国，人类历史上从来没有一个国家如此富裕安康，但曾几何时，大城的骑楼下竟躺些无家可归的人，街道上站着举着牌子求职的人。一个个企业关了门，或者换了老板，新买主是日本人，包括优胜美地国家公园的经营权。

竟然会有这样一天。

幼小时的"美国印象"常是一串稀奇古怪的情节，全由好莱坞负责组合，不管它的故事有多荒谬，它绝对达到了一个目的，那就是宣扬"美国是一个地上天堂"。

而天堂中尤其幸运的是那些女人，她们总是穿着漂亮的衣服去赴约会，她们长得高大健美，令发育不全的东方女子自卑。她们既不用参加联考，也不必上新娘补习学校苦练烹调技术。她们走路时，男子小心随侍，她们上车，由男子开门，她们穿衣，由男子提袖，她们吃饭只需开罐头，她们渴了，便喝可口可乐。她们新婚之夜不必交出贞洁证明，她们不守妇道——但守妇道的人即使守了十辈子妇道，也不能享上美国女人的福气。

　　然而，事实又如何呢？

　　其实，美国只是一个自由的国家，你有自由成为富可敌国的洛克菲勒，你也可以穷得夜宿街头，你可以是道貌岸然的艾科卡，也可以做烟视媚行的玛丹娜……

　　这个国家也有气数败落的一天，这个国家的女人也会站在街道求职，只求人家舍一顿狗食的价钱……

　　这世上，原没有享不尽的福啊！

　　　　　　　——一九九二年八月十九日《“中时”·人间版》副刊

小　令

牵 绊

出行前夕，收拾行李，自觉需要两名壮汉或悍妇，各站在我的左右首，对我严加呼喝叱骂——否则，我会一样一样把全部家当都塞进行李箱。

我的汉人祖先不肯从事于流浪业已经一两千年了吧？弄得我每有远行都恨不得把锅碗瓢勺带着走天涯（当然我更可恶的一点是急于把天涯搬回家）。

这是冻顶乌龙，我喝惯的一种，想想看，等我人到了加拿大的冰河区，泡它一杯来喝，何等写意！老外虽有茶，那种该死的红茶包袋跟茶灰茶土似的，怎能入喉呀！——既然带了茶叶，那宜兴红泥小壶也可以带吧？如果有茶，该不该也有点酒呀，自己酿的甜甜的梅子酒哩！

这本陶渊明也带着吧，对着大草原读陶诗可真比当皇帝还好呀！如果带了陶渊明难道就该冷落苏东坡吗？还有，庄子也跟他们一路人马……还有一包剪报，平常来不及看的，现在，不妨带着，反正，也没多重啦……纸也要多带，万一我忽然文思泉涌……笔多带几支比较稳当，一支可能不够写呀……

这是我用惯的肥皂，那是我看上的洗发精，香水也带着吧，碰到人多气浊的时候可以自我保命……

我需要有极凶恶的同伴把我箱子里的东西拣出来，否则我会在带了茶叶茶壶以后，渴望去带我那可爱的葫芦形的“茶熠”（烘烤茶叶用），那茶熠是陶艺家阿亮做的呢！还有那用“人面竹”手琢成的“茶撵”（铲取茶叶用），它是多么温婉清丽……

我承认一钵一杖即可遍行天下的人固然了无牵挂，非常值得佩服，但像我这样想带着清茶以敬天下名人的人，不也挺可爱吗？

——一九九二年九月二日《“中时”·人间版》副刊

此方停云和那方停云

译事甚难。

在优胜美地的山头上看远方山景，景物说明牌上注明最高的那座峰头叫半穹山(half dome)，半穹后面的则叫 clouds rest，我一见，不免兴奋：

"呀！这就是陶渊明的停云嘛！"

然而，它显然不是陶渊明的停云。

简单地说，它只指云缭雾绕的一方山头。

如果将之翻得"和式风格"一点，可说成"云丛驻在所"，但驻在所里的人显然要办公的，不似此间云闲。

如果要译得像旧小说上的地名，就是"卧云岗"了，而麻烦的是卧云在中文里往往指"高人卧如云"，主词不是云，反成了人。

那么译成"云憩峰"吧？

或者翻作"烟岚之家"？

如果要漂亮一点，"云霞驿"也不错。

若是想追踪现代诗风格，则可以作"云雾休息站"。

胆子大一点，求点科幻童话趣味，便是"云仙加油站"或"云童打尖处"。

如果作风后现代一点，则"云族宾馆"也不错，价钱尚可有住宿和休息之别。

现在回过头来说"停云"两字。其实它本该是 clouds rest 最古典最大方的翻译。但麻烦的是"停云诗"另有寄托。

《停云诗》是《陶渊明全集》第一卷第一首作品，他老人家写下题目之后立刻写下两行短序，自己注明：

"停云，思亲友也……"

他的诗是：

"霭霭停云，蒙蒙时雨……"

陶渊明写的是云，心里想到的却是亲情。美国加州的停云和陶氏的停云是同名不同姓的啊！

——一九九二年九月九日《"中时"·人间版》副刊

我自我的田渠_
　　　　归 来

市长 · 花 · 舞台

六月，花的季节。

台北市的动物园里举办一项花卉展，取了个好听的名字，叫"与花有约"。黄市长去赴了这次约会。

这件事本来是件很好的事。

可惜市长在褒花之余，不知怎么回事，话锋一转，把别种活动打了一记闷棍。奇怪的是，挨打的人似乎也没说什么，白白挨了那棍子。

根据记者谢宪昌的报道，当日市长参观了花展之后，对设计之美表示赞许——不过，他更希望政府花三千万办这一次活动，能使绿化工作走入市民生活，而不是像许多文艺活动，只适合在台上表演，演完就没了，白花许多钱。

市长爱花，也算雅兴，值得市民鼓掌。但难道为了"扬花"就必须"批舞台"吗？这是大可不必的事吧！舞台事业早就在式微，哪里还禁得起市长的钉耙？

譬如说舞台剧，早有人将之比为蜉蝣式的艺术，它是方生方死的，始于启幕终于落幕，于永世永劫中亦不可能再重复一次。其他舞蹈、哑剧、歌剧也无不如此。

市长说，"演完了就没了，白花许多钱"，就某种观点看，也没错。但市长忘了一点，舞台艺术恰如繁花，"事如春梦了无痕"，如果要说一切"转眼成空"都是浪费，那连"人生"也大可不必过了。

使花永恒的，不仅是它的开放，还有那美丽留给我们的感动，舞台亦然。不管是《推销商之死》《薪传》或《台湾怪谭》都留给我们如花籽般生生世世的感动——而这一切，是不能称之为"白花钱"的。

——一九九二年九月十六日《"中时"·人间版》副刊

这只狗，该去哪里

午夜，女儿下楼去倒垃圾，微雨中发现公园里有两只幼小的狗在瑟瑟发抖。她一时同情心起，回家端了盘牛奶去给它们，又预备了一个纸盒，让它们躺着。

凌晨四时，风雨大作，母女惊起，愁颜相对，一时只好走下四楼去把它们抱上来，两个家伙又抖又喘。给它们洗了澡，吹干，喂饱，两天后活蹦乱跳，终于有个"狗模狗样"了。

这时候，我才进行把它们送出的计划，不料一经打听，简直绝路一条，连"流浪动物之家"也不肯收，他们说，早已客满。客满没关系，我愿意排队，问他们要排多久，答曰，至少一年。

L是出了名的狗善士，但她家也"狗满为患"。于是电话从台北一路打到屏东，奇怪，就是没有人要那两只可爱的小生物——也怪不得人家，我自己不也就是"无法养狗之人"吗？

　　我知道有两个地方大概会要它们，一个是捕狗队，另一个是医学院的实验室，尤其后者，居然可以冠上"伟大"啦、"对人类健康极有贡献"之类的美名——可是它们看来是两只咬着自己尾巴乱转圈子的憨乎乎的小狗，它们看来一点也没有想成为"伟狗"的企图。它们只想做一只死皮赖脸活着的小狗罢了，我又有什么权利以"贡献"为名叫它们去死呢？

　　怎么办？莎氏笔下哈姆雷特的困境是"生乎？死乎"，我如今的困境是"生之乎？死之乎"。收它，则它生；弃它，则它死。烦啊！想起来，不免十分痛恨它们的主人，这个生命的困境是他该负责的，他却不负责任，阴险地掷给我了，在那个狂风暴雨之夜。

　　我不知道该怎么办，因为，它们不是东西，不是事情，它们不可以轻加处理，只因为——它们——是——两条命。

　　　　　　　　——一九九二年九月三十日《"中时"·人间版》副刊

吃鱼指导

旅行加拿大，买了两包鲑鱼。

照我们老中的想法，买了鱼，当然是要吃的，怎么吃，既然说是烟熏的，那么把铝箔包装剪开塞在嘴里也就是了，吃鱼难道还要专家指导不成？

不料及至要剪开袋子，才看到上面真贴着正正式式的吃法指导。这老外也真作怪，我想。于是，好奇心大发，倒要看看他们会弄出什么吃法指导来。

原来无非叫人放洋葱，还注明是片状的，古怪哩，难道剁成末就不好吃了？又说还可以加糊状奶酪，放在饼干或烤面包上，可以配蛋或配米饭……

看完了，虽觉好玩，但恐怕必须承认其间几乎有很严肃的文化问题存在焉。

　　中国人向来不喜欢就教于人，对于工业产品如何使用，大概都持自由心证方式（两岸中国人皆然）。老中常想，这种事，随便想想就知道啦，我哪里有那个"美国时间"？对于老美老日动不动就要先看说明的行为，我们简直觉得几近白痴。

　　对一个本来就不爱听专业指导的人，加以"吃法指导"真是火上加油，咱们老中何劳你来指导？令人叛逆心陡起，难道鲑鱼不可以配凉面吗？不可以配新疆的馕饼吗？如果配墨西哥酸豆或中式腌糖蒜、姜头，一定都各有千秋。——中国人不喜欢法则，在中国，一说到"法"，其功能似乎专门供人来阳奉阴违用的。

　　不能游泳的海滩，几岁以下不得入内的柏青哥，或禁止左转的路牌，恐怕都是国人口中爱说的，"供你参考罢了"。至于限速五十公里，当然就是七十的意思。只准带一瓶洋酒，套个交情不就可以两瓶了吗？

　　不信邪，懒得看说明法则，只信自己的经验，这是老中。而我就属于这样一个民族，在可能的时候我老想犯一点跟道德不十分有关的小法——我拿我自己和我的同胞都无可奈何起来了。

　　　　　　　　　——一九九二年十月七日《"中时"·人间版》副刊

小　令

洗 杯

　　这件事，也不知道够不够资格算一项休闲嗜好——我喜欢洗杯子，特别是纯净的玻璃杯，特别是在有阳光的早晨。

　　洗杯子和洗碗是绝不相同的！碗很可怕，碗上全是现实生活留下来的垢腻油秽，是盛馔之后疲倦的余孽——但杯盏惯常是淡淡的酒渍茶痕，洗杯子的理由不是为了去脏，而是为了恢复光亮，为了重现其晶莹剔透的本质——哎，这话听起来怎么居然有点像宋儒说的人性论。

　　除了杯子，洗玻璃瓶也很有趣。瓶子的前身比较复杂，它可能盛装过最甜馥的蜂蜜，或极腥鲜的咸鱼，它可能贮藏过夏威夷的坚果，则其作用恍如松鼠隐秘的树洞。如果存的是来自嘉义的"破布子"，则它又成了现代化的瓦瓮了。但此刻，在菜瓜布轻拭之下，它们一一恢复本然。

此刻的它们，什么也不装——当然，这"装"字你要解释作"假装"的装也可以——它们只是没有标签的空杯空瓶，它们只盛着阳光和空气——当然，这"盛"字你要解作"旺盛"亦无不妥。

如此干净，如此虚空，如此信任，如此有无限可能。如婴儿之瞬目，有一生等待去完成，又如说书人的茶烟方升，整整一部历史要待说从头。啊，那即将注入此杯此盏的是令美人酡醉的琼浆玉液呢，或是令哲人一沾唇便立即身亡的毒鸩之汁呢？

对于这么渺小的嗜好，我真有点不好意思告诉人，怕把"雅癖"两字玷污了。可是，我终于还是忍不住要宣布，一个人，如果能在阳光的假日，亲手洗净一排杯盏瓶罐晾在窗台上，是多么幸福啊！

——一九九二年十月十四日《"中时"·人间版》副刊

具

坐朋友的车过南方小镇，因为街道窄，两侧市招竟逼到车上来，仿佛一册强迫你读的书。

"寝具。"我念，像一个刚识字的小孩，炫耀自己认字的本领。

车子倏然而过。

"佛具，喂，这里卖佛具哩！"

朋友因为一心赶路，不理我。

"厨具——咦？怎么都是些'具'？"

"文具。"我依然独自念着，但已习惯。

"家具，我早就知道还有家具。"

然后，我依次看到卖农具和卖茶具的。车子快走出小镇的时候，我十分惊动悲伤：

"寿具——我怎么忘了还有这个！"

这样一条小街，五分钟就可以驰竟的，却如此无所不容：从初生婴儿的一条粉红色小包被，到垂死老人的一只乌沉的棺木（像独木舟，但要航去哪里呢？），从低垂的新婚罗帐到冷冷的木鱼清磬，从柴米油盐的落实，到茶烟缭绕的凌虚，其中还有桌椅橱柜的井然定位、纸笔水彩的飞驰腾跃，以及犁耙耒耜间对大地无穷的索求、信任、劳役和梦想……

仅仅一条街，仅仅从路头到路尾，仅仅是语词上的几个"具"。（连人死了，也不免成为一"具"尸身啊！）生命居然可以用如此简易的方法来解析的。

那一天，在余程上，我变得十分安静。

——一九九二年十月二十一日《"中时"·人间版》副刊

我自我的田渠
归 来

奋而顾身
——寄语寄青

"我思，所以我存在。"

对讲这句话的哲学家笛卡尔来说，这句话是正确的。他们哲学家古怪，他们是靠思想来存在的，哲学家似乎只剩一个头也能在这个世上混下去。

但我们却只是常人，我们托身于一副七尺之躯，在简单的圆颅和方趾间生存，在五脏六腑的运作中度其快乐的，或者不快乐的一生。

不幸的是，我们常常忘记自己有一个身体，除非，它病了。

在报上看到"晚晴协会"的施寄青"身体出了状况"，我虽和寄青不熟，但知道她这种摩顶放踵的"打拼分子"，一旦承认自己身体有故障，大概也故障得不太轻吧？她是一个可佩的女子，然而，此刻，我却只想和她简单的血肉之躯站在一边，来向她提出抗议。

肉体说：

"我知道你有理想，我明白你对人世的深情，但是，我只是一个简单的肉体。你和我之间原是租赁的关系，如果毁了我，你也就灰飞烟灭，不知依归。

"好好待我吧，因为古今中外只有一个你，独一无二的你，而你，也只有一个我，无可取代的。我们之间，合，则双美，分，则偕亡。你可以爱两千万台人，你可以拥十亿彼岸之人，你也可以关怀五十亿地球居民，然而，在这一切之前，请你务必先从爱我开始，'奋不顾身'那句话是不对的，你必须'奋而顾身'。"

上面这段话原是为寄青的身体作不平之鸣，——但是，想想自己也好不到哪里去，那么，也就算是替自己的肉体说的公道话吧！

　　　　——一九九二年十月二十八日《"中时"·人间版》副刊

有个叫"时间"的家伙走过

"这是什么菜?"晚餐桌上丈夫点头赞许,"这青菜好,我喜欢吃,以后多买这种菜。"

我听了,啼笑皆非,立即顶回去:

"见鬼哩,这是什么菜?这是青江菜,两个礼拜以前你还说这菜难吃,叫我以后再别买了。"

"怎么可能?"

"怎么不可能?上次买的老,这次买的嫩,其实都是它,你说爱吃的也是它,你说不爱吃的还是它。"

同样的东西,在不同时段上,差别之大,几乎会让你忘了它们原本是一个啊!

此刻委地的尘泥,曾是昨日枝头喧闹的春意,两者之间,谁才是那花呢?

今朝为蝼蚁食剩的枯骨，曾是昔时舞妒杨柳的软腰，两相参照谁方是那绝世的美人呢？

一把青江菜好吃不好吃，这里头竟然牵动起生命的大怆痛了。

你所爱的，和你所恶的，其实只是同一个对象：只不过，有一个名叫"时间"的家伙曾经走过而已。

　　　　　　——一九九二年十一月四日《"中时"·人间版》副刊

小 令

人生的什么和什么

　　她的手轻轻地搭在方向盘上，外面下着小雨。收音机正转到一个不知什么台的台上，溢漫出来的是安静讨好的古典小提琴。

　　前面是隧道，车如流水，汇集入洞。

　　"各位亲爱的听众，人生最重要的事其实只有两件，那就是……"

　　主持人的声音向例都是华丽明亮的居多，何况她正在义无反顾地宣称这项真理。

　　她其实也愿意听听这项真理，可是，这里是隧道，全长五百米，要四十秒钟才走得出来，隧道里面声音断了，收音机只会嗡嗡地响。她忽然烦起来，到底是哪两项呢？要猜，也真累人，是"物质与精神"吗？是"身与心"吗？是"爱情与面包"吗？是"生与死"吗？或"爱与被爱"？隧道不能倒车，否则她真想倒车出去听完那段话再进来。

隧道走完了，声音重新出现，是音乐，她早料到了四十秒太久，按一分钟可说两百字的广播速度来说，播音员已经说了一百五十字了。一百五十字，什么人生道理不都给她说完了吗？

她努力去听音乐：心里想，也许刚才那段话是这段音乐的引言，如果知道这段音乐，说不定也可以又猜出前面那段话。

音乐居然是《彼得与狼》——这当然不会是答案。

依她的个性，她知道自己会怎么做，她会再听下去，一直听到主持人播报他们电台和节目的名字，然后，打电话去追问漏听的那一段来，主持人想必也很乐意回答。

可是，有必要吗？四十岁的人了，还要知道人生最重要的事是"什么和什么"吗？她伸手关上了收音机，雨大了，她按下雨刷。

——一九九二年十一月十一日《"中时"·人间版》副刊

正如她的身体属于她的族人

　　夜很深，巷子很长，路灯很暗。我站在巷尾，远远地看见巷口有个人走了过来。看得出来穿了件长裤，而且，看得出来是个年轻女人——然而，真正不可思议的是，居然看得出来她是个外国人。

　　我耐心等这人走过来求证，杲然，一切悉如所料。

　　为什么我能看出她是外国人呢？并不是由于她的皮肤、头发或眼睛，那一切在深夜里都看不见了。我在八十米之外能看出她是外国人，是由于体形——然而，体形又是什么？是指高挑吗？也不是，老中也自有高挑的，老外也多有矮肥的。我说的体形是指肢体的比例，至于怎样的比例是老外的，怎样的比例又是老中的，我其实也无法说得清楚，只是心里雪亮。

　　于是，我忍不住对"民族特征"这件事着迷且感动起来。究竟是由于神秘不可知的遗传基因，还是缘于长期生活操作的习惯，她的身体和我的身体才像两部航海日志一样，各自留下我们长长的民族旅程，记录我们走过的历史，细写着一个族群点点滴滴的记忆？每个人的身体都如此"昭然若揭"，如此"一览无遗"，如此彻头彻尾地属于他的族人。

我的祖先是农民，是双手插泥背朝天的一群人，他们的双腿短小，他们的面容像泥土一样卑抑。我就是这样一种人，我的心灵至今仍装在一副农民的身体里；正如那女人的身体属于她的族人一样，我的，也属于我的族人。

————一九九二年十一月十八日《"中时"·人间版》副刊

我自我的田渠
归来

发了芽的番薯

买完了米，看见米箱旁边另有一箱番薯，我便问老板娘：

"你们有没有发了芽的番薯？"

她看着我，微微愣了一下，体味我的话里究竟有多少来者不善的意味。

"我们卖的番薯都是刚挖的啦！你放心！"

"不是啦，是我特别要买发了芽的来'排看'的啦！"

"啊，有，有，有，你不早说，就是学校老师叫小孩带去的那一种。"

"对，对，"我附和她，"就是老师要的那种！"

其实我的孩子早已不用带着番薯去小学了，他在努力对付他的博士学位。

一转身，老板娘已从屋里拿出三个长着芽叶的番薯。

"免钱，这些本来打算自己吃的，吃不完，发了芽不能吃，丢了又可惜，你要拿去，最好了——免钱！"

我还是给了钱——面对这么美丽的新绿怎能不付费？

番薯拿回来，逶逶迤迤长满一窗台，我仿佛也因而拥有了一块仿冒的旱田。

记得是小学时候，老师说的，洋芋或番薯，发了芽就该丢掉，以免吃了中毒——但那吃下去可能中毒的小小茎块，只要换个方式发落，居然是人间至美的"多宝格"，可以吐出一片接一片的绿碧玺来呢！

很少有生命会一无是处吧？民间俗谚说"船破有底，底破有三千钉"，对一条生命而言，"放弃"，永远是一个荒谬邪恶的字眼。

——一九九二年十一月二十五日《"中时"·人间版》副刊

我觉得，他的妻子比较好

"我觉得，他的妻子比较好！"

不知怎么回事，最近，这句话常在我嘴边冒出来。

譬如说，布什，做总统做得灰头土脸的，但布什太太却温婉宽谨，颇得人缘，南希当权之日虽也风光一时，毕竟不脱好莱坞风格，芭芭拉却安静质朴，以本色示人，让白宫生活由神话落回现实。

另外，克林顿，此人一开头就给人揪出逃兵役、闹绯闻的老账来，但克林顿夫人却是形象良好的专业律师，算来恐怕是白宫有史以来"最高资历"的女主人了。她那笃定安详的大将风度，较之前面几位夫人，又别有胜处。

王建煊，是口碑不错的人物了，但他害得我辈写稿人要交稿费税，不免令许多穷作家唉声叹气——可是，王太太苏法昭实在可爱，她是刚退休的"国文"教员，在王建煊举棋未定的时候，她曾说出一番铁铮铮的话来：

"第一，政府机构不好玩；第二，我舍不得让王建煊去——但是，如果他真要去，就算是火坑，我也跟他跳了！"

冲着这种老婆，我要支持王建煊了。

吴祖光，这五十年前的剧作家，当年他的抗日剧写到结尾，那些爱国青年都跑去重庆了，有点像童话的结尾，"从此过着爱国的日子"。滑稽的是，大陆易帜之后，那些剧本全改了，真是可悲可笑。可是他"爱人"新凤霞是个戏班子出身的好女人。在吴祖光被揪斗时，她始终"有情有义"，要是当日情况相反，吴祖光会挺得住不跟妻子划清界限吗？

男人是社会人，女人是本色人，我常常不免要喜欢女人多些。

——一九九二年十二月二日《"中时"·人间版》副刊

小 令

地书的艺术
——写给交通单位的官员

　　古人有时候也在地上写字，譬如说，欧阳修的妈妈就爱拿大地当黑板，也居然教出一个欧阳修来。另外，岳飞的母亲也不按常理出牌，她写字的地方是儿子的背。

　　可是我现在要说的是大规模的"地书"，是今天这个时代才有的，"柏油路上的书写艺术"。

　　古人为了他们当时的习惯可以直写横写，可以由左而右，可以由右而左，可以由上而下。

　　——当然，这其中又数女人特别不守规范，苏蕙那老姊便发明了一种回文诗，织在锦上，那是螺旋状的写法。

　　地书该怎么写呢？这件事立刻要考验我们公务员的头脑了——可是公务员成天等因奉此，就算原来有头脑，三年五载下来也就逾期作废了（我建议公务员退休时申请一笔脑力赔偿金）。

地书是绝对应该逆着写的，试想，开车人在十字路口读到一句"右转机车专用道"，总不免读成"道用专车机转右"，等驾驶人会过意来，早已把汽车开上不该开的线道上去了。

自从仓颉造字，中国人都是先写上面的字，再写下面的字，可是古人不必驾着车还要顾着看地上的指令，我们的官府就不能想个方法倒着字序来写吗？或者干脆放弃文字用符号，画个摩托车上面打个叉不就是禁停机车了吗？此外用颜色也是一法。例如用紫色代表公交车专用。

当然，我们的官员会说："哎呀，你真笨，这路上的字写了有三年了，你应该早就知道了嘛。"不对，一个好城市的交通不应该强迫人家靠惯走江湖的经验，而是靠清清楚楚的路标。

——一九九二年十二月九日《"中时"·人间版》副刊

谁是花主?

那花有个艳魅的名字，叫"小白花鬼针"。

再也没看过比它更蛮不讲理的家伙了，无论什么石地沙地，水沟边，它都算那地方是自己的辖区，花季几乎长达一年。开了谢，谢了开，像大地涌动的浪沫。

花落了，就结出鬼针来，谁给黏上了，就得带着它走天涯，去帮它播种，大概没有人喜欢它——但那白花，却是怜人的。

在我去学校的途中，有条河堤，堤上就开满这种白花，每每开到极华艳的时候，就有居民出面用镰刀把它们一举歼灭。

我在这条路上走了几年，花年年照开，人，年年照砍，彼此维持了不输不赢的局面。

有一年，我想，何不趁沿河居民未砍之时，剪它几枝来插花呢？于是真的剪了几枝，插在玻璃瓶里，居然像雏菊，去查看，果然真是菊科的。

这样，又过了两年，我总是趁镰刀未动之时剪几枝花来做案头清供。

今年春天，事情有了变化。有一天，我正打算采一束白花，忽然飞来一只小粉蝶。我吓了一跳，这才发现我为了让自己书卷旁增加一派野趣，竟然剥夺了小粉蝶的食物。我原以为这花反正是要遭人镰刀砍尽的，我剪一把也不算罪过。及至见到小粉蝶采蜜，却不免抱歉起来。一向以为园圃中的才是有主之花，野花则是无主的。陆游《咏梅诗》不是这样写的吗？

"驿外断桥边，寂寞开无主。"

其实蜂蝶才是花之主人，世上之花皆属于蜂蝶。我于是改过自新，从此不去采花了。花，在我只是赏心悦目的玩意，在小粉蝶，却是延命保种的粮食啊！

——一九九二年十二月十六日《"中时"·人间版》副刊

我自我的田渠
归 来

我家的子虚氏

丈夫最近很奇怪。

我说他"奇怪"，不为别的，只为他常常说"奇怪"！

例如电话簿不见了，他做纯洁无辜状，说：

"奇怪呀！明明在这里的，怎么就不见了？"

听来有点像电话簿自己决意离家出走去了。

其他如眼镜如书如稿件，找不着，他一概用这类句子打发：

"奇怪！奇怪！明明就在这里的！"

好像如今的世界忽然变了，变成一个奇怪的善于逃逸的世界。

我想丈夫这人真有点不幸，属于他这一辈的男人，不管出于真心，或假意，都要做出"非男性沙文主义"的样子，因此碰到不如意事，拿老婆出气的管道已经没有了。男人的黄金时代早结束了，他真是生不逢辰。

　　"找不到东西"这件事，算来大概是他生活里最不如意的事了。对于这件事，迁怒老婆，不忍；骂儿女，不敢；骂自己呢，又不甘。不得已，只好骂那东西本身，去怪那眼镜行径诡异。

　　其实我家多年来都设有一位"子虚氏"（Mr. Nobody），以便于解释种种疑案。例如碗打破了，文件掉了，没人肯承认，便一概归罪子虚氏，子虚氏多年来在敝府工作十分卖力，犯案累累，想来今后子虚氏在敝府的工作量更要有增无减了。

　　有时想想，我们台湾也跟敝宅一样，许多重大案子最后调查结果都不是任何人犯的罪，原来子虚氏有时从我家溜出去，溜到市政府，干下不少大勾当呢！

　　　　　　——一九九二年十二月二十三日《"中时"·人间版》副刊

七个数字，也可以如泰山压顶

有一天，我因有事，必须记住某个电话号码。麻烦的是，当时手中没笔也没纸，只好用嘴来记，也就是说，我像故事里的傻子，口中叨叨念念背诵那七个字，不敢稍停，这种状况，前后大约一小时。

那天上午，我为记这七个字而累得舌头发麻，精神萎靡。奇怪，仅仅七个字就具有如此威力吗？我其实虽不算精力十分充沛的强人，倒也能应付超乎一般常人的工作量，我可以只睡五小时，我可以坐完长途越洋飞机立赴会场开会——但奇怪，为什么七个数目字就把我累倒了？

这才发现"望碍"是多么可怕，孟子说，"挟太山以超北海"，谁都做不到：心上有事，那事就是那泰山，把泰山背在背上，迟早会累死。

在正常的状况下，我会把电话号码放在电话簿里。我的电话簿里大约有一千个号码，把上千个号码交给一个小本子，我一点都不累，像一树梅花承载千吨月光，绝对不会造成疲乏倦怠。

我终于明白，能放下的就应放下，能淡忘的就须淡忘。心，太宝贵了，不该压上不该压的东西。从今而后，我对自己说，属于我的心可以受伤，可以摧折——但必须只为够格的事件。

——一九九二年十二月三十日《"中时"·人间版》副刊

小 令

旧门楣上的新喜气

你问我，这阵子都在忙些什么？思——我且从这两年行走故国山河的一点感觉开始说起吧——

晨曦中，我曾行过千门万户，朝暾静静地照在那古老破落的门楣上，依然鲜澄动人。

或是江南阡陌，或是湘西僻壤，或是巴蜀山城、北京深巷，我知道每扇柴扉之后，都有一处人家，其间有父亲，有子女，有一家一户的悲欢岁月。

"可不可以，"我对着那些大门说，"让我们来送你们一点什么。明年，在水仙花开的时候，让我们把春天送上你家大门。"

全世界的门扇都迎向春天，但唯独中国人的门扇多一重绛红的喜气。

我想，我且来做个托钵的行乞人吧！向每个基金会去行乞。为我的同胞讨求两行红色的喜气，挂在他们大门口的左侧和右侧，成为一整年的祝福。愿古老温馨的联语庇护他们，百邪不侵。

很幸运地，我找到武士嵩先生，他立刻答应了这件事。我们为这次行动取了个名字，叫"送春联到大陆"。

为了印刷方便，我们选定的四副联都是通俗常见的：

天增岁月人增寿

春满乾坤福满门

福禄寿　三星拱照

天地人　一体同春

天泰　地泰　三阳泰

家和　人和　万事和

忠厚传家久

诗书继世长

印好之后，细品其神，觉得今人制联虽也有其俏皮的地方，但论舒泰大方，则愈老愈俗的联愈好。悬挂之处，可令万道霞光腾户而起，天地都要为之端正神色。

如果这件事也算事，朋友，我最近忙的就是这个。

—— 一九九二年三月十一日《"中时"·人间版》副刊

该拿那从心所欲而又逾矩的大花紫薇怎么办?

公园里的大花紫薇开花了。我从公寓四楼俯望下去,只见花气腾腾,如紫雾妖氛。整棵树又像一座生日大蛋糕,上面同时燃起象征高寿的几百根蜡烛——可是,那棵树分明还不到十岁呢!

大花紫薇和小花紫薇十分不同,后者迷离纷披,柔腻细琐。像古代的子夜吴歌,有一句没一句的,而且心事婉婉曲曲,把花瓣都揽成重重叠叠的折痕,仿佛女子捏在手心里的手绢,一时把花边都捏皱了,那小花紫薇便是如此这般开着那种奇怪的皱皱的花瓣。而大花紫薇却开得火爆壮烈,一如夸张的意大利歌剧,有夸张的剧情,夸张的调门,夸张的美学。

我俯身看花,看它整个花季盛大的阵容,我自觉是歌剧院包厢中的侯爵夫人,正凝神看剧场中的演出。

但我有时甚至不免想,这样俯瞰的角度,是不是也刚好就是神的角度呢？神在高天上看花，也恰如我这样看法吧？

所有的插花艺术，向来是为凡人的视角插的，包括日本人插在神龛前的花，也是要走到花的正前方平视才好。西洋的插花宜于绕着花瓶做三百六十度角观看。偶然也有人插垂吊式的花，供人抬头仰观。但我还没有看过可以俯面谛视的花。

我想那些开在高高树上的花应该是上帝刻意留给自己和鸟类、蜂类欣赏的花吧？至于开在水边的鸢尾，开在草原的野花，可视作上帝为孩子的身高而设计的。及至成年，春来的杜鹃或樱花、苹果花刚好跟我们比肩，或高出一头，上帝特许我们和这些花有相等的身高、相似的梦。而六月的大花紫薇或凤凰木，长得既高，又刻意把颜色都集中到树顶去挥霍，这种花，适于给天神自己低头观看。

整个盛夏，日复一日，它就一直那样夸张地点着它的庆生烛焰，我每次都想要用"见怪不怪"来对付它惊人的美丽，无奈总是失败。我仍然每天要目不转睛地呆看它一阵，仍然要叹着气，不知拿这华美到近乎"从心所欲"却又"大胆逾矩"的大花紫薇该怎么办。

——一九九二年十二月十四日《"中时"·人间版》副刊

我自我的田渠

归来

一张纸上，如果写的是我的文章

少年时，曾听人说过一句很毒很毒的话，因而半生不能忘记——其实，毒话之所以毒，多半因为它是事实。

事情是这样的：当时，有位长辈过生日，他把家藏的宣纸拿出来，找人画上画，要作为礼堂里当日视觉的焦点。那纸极大，约莫两人高一人宽。长辈从大陆带出来，珍藏多年，可以算是绝版纸吧！

因为纸大，一幅画连画了好多天，等画快画好了，有位行家走来一看，淡淡地扔下了一句话：

"唉，可惜了——这纸，如果不画，会比画了值钱！"

事隔三十年，我仍然不能忘记当时他摇头惋叹的表情。

他来看画，然而他没有看到画。他看到了一些颜色和线条，然而他没有看到画。他看到了树、花和石头，然而，他没有看到画。

只是，他看见了绘事后面的素纸，他并不狂妄，至少，他懂得尊重造纸艺术。

我不画画，但我不免常常戒慎惊惧，因为不知道自己的作品会不会反而减损了一张纸的原有价值。一张纸或出于树，或出于竹，或出于众草，但都一度曾是旺盛的生命。如今它既为人类而粉身碎骨，我有什么权利去随便浪费一张洁白的纸呢？

一张纸，如果印成钞票，可以增加千倍万倍的身价；一张纸，如果写成手谕，可以指挥千军万马；而一张纸上如果写上的是我的文章呢？

所以，如果有编辑对我说"随便给我们写点什么啦！"，我总有点生气。随便写？我为什么要随便写？我半生以来为了想好好写作，甚至不敢以写作为业，我怕自己沦落，怕自己和文学之间的纯洁的爱意竟至成了"养生之计"。所以，我必须跟一般人一样，用多年的努力打下自己事业的基础，然后，我才能无欲无求地来写作，既然如此虔诚专致，怎么可以"随便写写"呢？

如果一张纸没有因为我写出的文字而芬芳，如果一双眼没有因读过我的句子而闪烁生辉——写作，岂不是一项多余吗？

——一九九二年一月二十八日《"中华"日报》副刊

走着走着，在春天

春天，想去迪化，请香港相熟的一家旅行社代办，传真回来，居然说，不知道，根本没有迪化这个城。天哪！天哪！一个迪化城，就这么消失了不成？听了简直令人心惊胆战。

仔细一想，是了，它另有其名了，如今叫乌鲁木齐。然而旅行社又说话了，乌鲁木齐的机票不做任何保证。老天，有这种事，现代台北人的行事历一环扣着一环，哪里容得你"不做保证"。

于是把心一横，改去福州。

临行想起有个朋友是福建人，特别打电话去气他一下。

"去不成新疆了，只好随随便便去福州逛一圈就回来！"

他果然中计，气呼呼地说：

"福州，可不是给你随随便便去的！"

然而，细雨轻烟中，仿佛电话的尾音未落，我已人在福州。

一把伞上台北的雨未干，又淋上福州的雨。

奇怪啊！满街新绿的樟树，怎么就跟台北一模一样哩！感觉上像是沿着中山北路那排樟树一直走，走着走着就走到了福州街上来了。

然后走着走着，在街头买一块钱十只的"光饼"来吃，分明是我当年在双连车站买的那一种嘛！怎么，一咀一嚼间已是四十年岁月。

我仍然走着，走进林觉民纪念馆，走到他和妻子看月的窗前。低下头去，橱窗里一方素帕，"意映卿卿如晤……"就写在那上面。墨迹沿沿，仿佛那少年头颅掷处的斑斑血痕。

意外的是林家的房子后来被谢家买了，而所谓谢家，便是谢冰心的家，她自小在这里长大。想起冰心，那是我曾为之心折神摧的冰心，那属于海洋的冰心，那属于孩童的冰心。只是没想到原来她的海也恰是我的海啊！

真的，沿着中山北路，沿着民生西路，或沿着迪化街，一路走，走着走着，在春天，你就会走回福州城。那里的春雨和这里一样湿润，那里的樟树——如果有人想画，就连画笔也不必麻烦去洗了，只要把画笔一路从此岸挥洒到彼岸就行了，它们完全是同其浓淡共其深浅的啊！

——一九九二年四月二十八日《"中时"·人间版》副刊

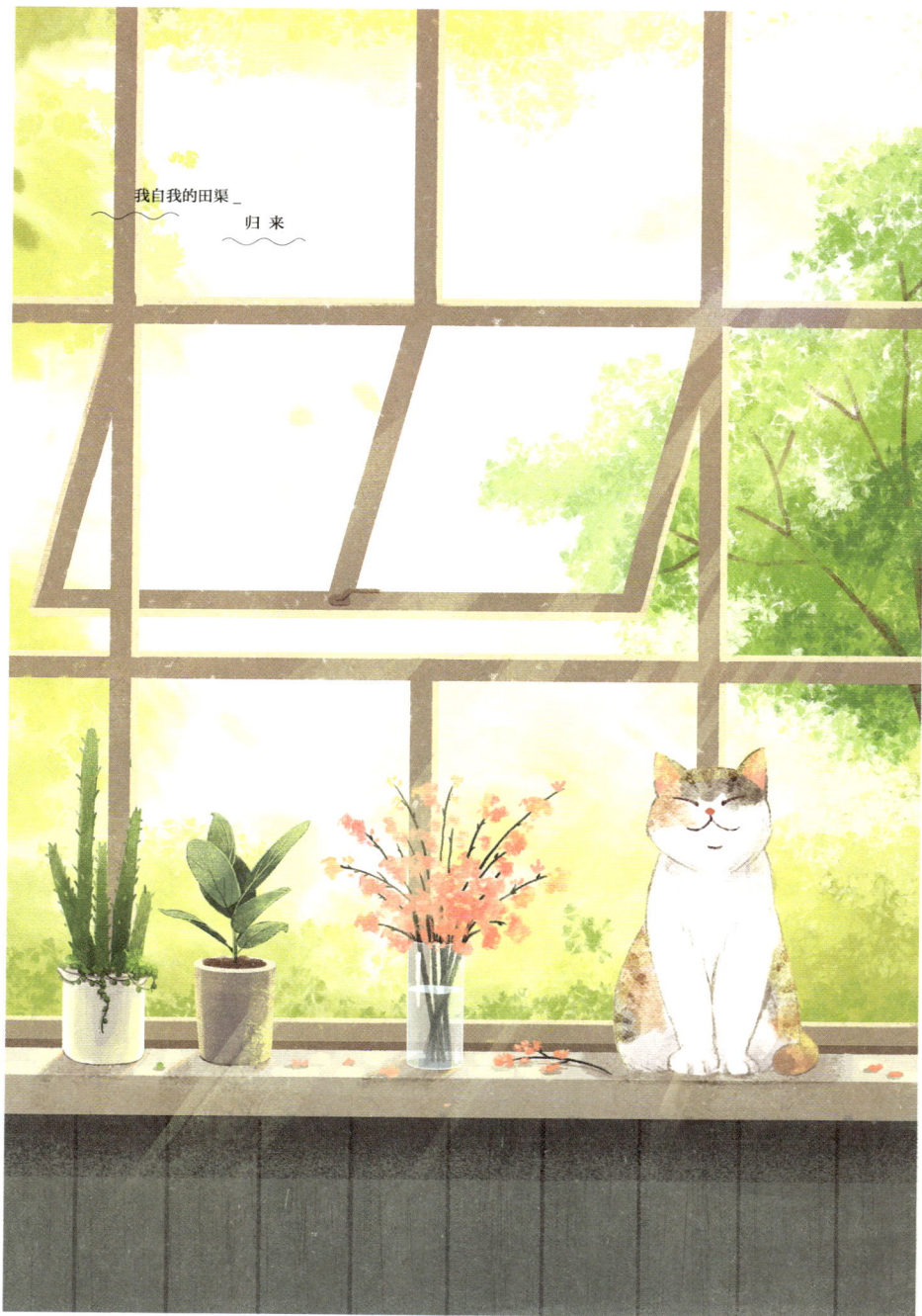

我自我的田渠 _
  归 来

题库中的陆游

问学生陆游是谁，他们自有标准答案，那答案是："南宋爱国诗人。"

你不能说他们错，却知道，他们也绝对不对。

好好一个陆放翁，活过八十多年，在疆场披霜，在情场流泪，写下上万首的诗，小词也填得沁人肺腑。这样一个人，岂肯被你"南宋爱国诗人"六个字套牢。

然而这是一个粗鄙无文的时代，大多数的人急着把自己或别人归类，归了类，就做完了选择题，就可以心安了（天知道啊，至少我自己这半生就努力不让人家轻易把我给拨进某一队里去，更不要挂上某一番号）。

那人活到七十八岁，犹然为满山梅花惊动的不安的灵魂，写下"何方化作身千亿，一树梅花一放翁"的句子。那时候，如果你问他：

　　"陆游，你是谁？"

　　他会说：

　　"我是想化身千万而不得的凡人，如果可能，我希望我是一万个陆游的集合体，我希望我随时可以散开，散到四山去，在每一棵老梅下放一个陆游——而每一个陆游都是梅花之美的俘虏。你问我是谁？我是花臣酒卒。"

　　晚年，他是行走在村头社尾的一个老头：

　　"儿童共道先生醉，折得黄花插满头。"

　　此时，你如大叫一声：

　　"喂，老头，你是谁呀？"

　　他会说：

　　"我是那些小鬼捉弄的对象，他们很快乐，因为看到我喝醉了，便插我一头野花来害我出粮——我也很快乐，我这辈子从来不好意思自己插花戴朵。现在装装醉，装装被他们陷害，体会一下满头插花的快乐——哈，我是谁？我是一个老骗子呢！"

　　世上总没有一生八十年，一年三百六十五天，一天二十四小时的"爱国诗人"，陆游只是写他的诗，只是记录他的心情。至于分类，陆游何尝知道自己已经贴上标签，分类归档，准备拿去题库里当一道很好的选择题。

　　　　　　——一九九二年七月十五日《"中时"·人间版》副刊

让野生动物野

"让野生动物野！"

这是美国优胜美地国家公园给游客的告示。

让野生动物去野！不要喂它，喂它，就是宠它，但野生动物不是宠物，不该遭人喂食。

小松鼠、小花栗鼠，美丽的蓝樫鸟、大黑熊、灰狼……都那么可爱，游客一念之仁，便不免去施食。

然而这施食却成了伤害。

"一旦喂食，你就把野生动物变成乞丐了。"

告示上说。

原来，不仅是"嗟来之食"不可吃，就连"礼貌性的施食"也不可以接受；一旦接受惯了，就立刻变成乞丐。

"它们会跟着汽车跑着乞食，弄不好，就给轧死。"

告示上的说明令人触目惊心——那个会抛出食物的机械之神，居然同时也是可以压死人的恶兽。

"'跟踪器'显示，经过喂食的黑熊，在山林里走了一百六十公里，都不曾主动去觅食，因为它觉得食物反正自己就会送上门来。"

武侠小说里江湖英雄最悲惨的命运其实不是死亡，而是遭人挑了手筋脚筋，以致"废了一身武功"。

野生动物一旦遭到人类好心喂食，就等于英雄豪杰遭人废了武功。一项简简单单自己找东西自己吃的生存法则居然也不会了。

"而且，人类有许多添加物的精致食物会使动物严重脱毛。"

这一项说明，是大峡谷国家公园强调的。

我在崇山峻岭间行走时，不免为这样的告示惊动，原来"天地之漠漠无亲"才是大悲，人类的小德小惠，反是不仁。

"我曾被什么所豢养吗？有没有哪一种施食方式将我变成乞丐了？"

我栗然自问。

——一九九二年八月二十六日《"中时"·人间版》副刊

中 调

我自我的田渠
归 来

戈壁酸梅汤和低调幸福

前年盛夏，我人在蒙古国的戈壁滩，太阳直射，唉！其实已经不是太阳直射不直射的问题了，根本上你就像站在太阳里面呢！我觉得自己口干舌燥，这时，若有人在身边划火柴，我一定会赶快走避，因为这么一个干渴欲燃的我，绝对有引爆之虞。

"知道我现在最想最想要的东西是什么吗？"我问众游伴。

很惭愧，在那个一倒地即可就地成为"速成脱水人干"的时刻，我心里想的不是什么道统的传承，不是民族的休戚，也不是丈夫儿女……

我说："是酸梅汤啦！想想如果现在有一杯酸梅汤……"

此语一出，立刻引来大伙一片响应。其实那时车上尚有凉水。只是，有些渴，是水也解决不了的。

于是大家相约，等飞去北京，一定要去找一杯冰镇酸梅汤来解渴。这也叫"望梅止渴"吧！是以"三天后的梅"来止"此刻的渴"。

北京好像是酸梅汤的故乡，这印象我是从梁实秋先生的文章里读到的。那酸梅汤不只是酸梅汤，它的贩卖处设在琉璃厂。琉璃厂卖的是旧书、旧文物，本来就是清凉之地。客人逛走完了，低头饮啜一杯酸梅汤，梁老笔下的酸梅汤竟成了"双料之饮"——是和着书香喝下去的古典冷泉。

及至由蒙古国回到北京，那长安大街上哪里找得到什么酸梅汤的影子，到处都在卖可口可乐。

而梁老也早已大去，就算他仍活着，就算他陪我们一起来逛这北京城，就算我们找到了地地道道的酸梅汤，梁老也已经连喝一口的福气也没有了——他晚年颇为糖尿病所苦。在长安大街上走着走着，就想落泪，虽一代巨匠，一旦搅入轮回大限，也只能如此草草败下阵去。

好像，忽然之间，"幸福"的定义就跃跃然要迸出来了，所谓幸福，就是活着，就是在盛暑苦热的日子喝一杯甘洌沁脾的酸梅汤，虽然这种属于幸福的定义未免定得太低调。

回到台北，我立刻到中药铺去抓几服酸梅汤料（买中药要说"抓"，"抓"字用得真好，是人跟草药间的动作），酸梅汤料其实很简单，基本上是乌梅加山楂，甘草可以略放几片。但在台湾，却流行在每服配料里另加六七朵洛神花。酸梅汤的颜色本来只是像浓茶，有了洛神花便添几分艳俏。如果真把当年北京的酸梅汤盛一盏来和今日台湾的并列，前者如侠士，后者便是侠女了。

酸梅汤当然要放糖，但一定要放未漂白的深黄色粗砂糖，黄糖较甜，而且有一股焦香，糖须趁热搅入（台糖另有很可爱的小粒黄色冰糖，但因是塑料盒，我便拒买了）。汤汁半凉时，还可以加几匙蜂蜜，蜂蜜忌热，只能用温水调开。

如果有桂花酱，那就更得无上妙谛了。

剩下来的，就是时间，给它一天半天的时间，让它慢慢从鼎沸火烫修炼成冰崖下滴的寒泉。

女儿当时虽已是大学生，但每次骑车从滚滚红尘中回到家里，猛啜一口酸梅汤之际，仍然忍不住又成了雀跃三尺的小孩。古代贵族每有世世相传的家徽，我们市井小民弄不起这种高贵的符号，但一家能有几样"家饮""家食""家点"来传之子孙也算不错，而且实惠受用。古人又喜以宝鼎传世，我想传鼎不如传食谱食方，后者才是"软件"呢！

因为有酸梅汤，溽暑之苦算亲也不见得就不能忍受了。

　　有时，兀自对着热气氤氲上腾的一锅待凉的酸梅汤，觉得自己好像也是烧丹炼汞的术士，法力无边。我可以把来自海峡彼岸的一片梅林，一树山楂和几丛金桂，加上几朵来自东台湾山乡的霞红的洛神花，还有南部平原上的甘蔗，忽地一抓，全摄入我杯中，成为琼浆玉液。这种好事，令人有神功既成，应来设坛谢天的冲动。

　　好，我再来重复一次这妙饮的配方：乌梅、山楂、甘草、洛神花、糖、蜜、桂花，加上反复滚沸的慢火和缓缓降温的时间。此外，如果你真的希望让你手中的那杯酸梅汤和我这杯一样好喝的话，那么你还须再加上一颗对生活"有所待却无所求"的易于感谢的心。

　　　　　　　　——一九九三年七月十三日《"中华"日报》副刊

我自我的田渠
归来

没有人叫我阿山

"如果有同学叫你'阿山'，你就跟他打！"表姊偷偷把我叫到一边，跟我说，"不要让人家叫你'阿山'。"

"'阿山'是什么？"我傻乎乎的，"没有人叫我'阿山'呀！他们都叫我'小轰'（按指台式"国语"念"晓风"两字的发音）。"

表姊当时母女四人都住我家，我八岁，她则十五六岁了，她的世界好像跟我的不太一样。

我原来不知道有"阿山"一词，她说了，我就忍不住要去留意，但听来听去，也没听到有叫我"阿山"的声音，不禁有点失望。

许多年后我才知道，阿山原来是指唐山来的人，不该算句骂人的话。好在当年没有人那样叫我，否则那场架也打得冤枉。

那时是一九四九年，我同班的同学都没有读过日文，但不知怎么回事，她们都会唱日本歌谣。我也跟她们乱唱，一边唱，一边拍球。"丢米袋"（也叫捡石子儿）唱的则是另外一首。这两种游戏都是在"排路队"的时候玩的。当时我读中山小学，住在抚顺街附近，我们住中山北路西侧的同学都要在现在美琪饭店的地方排路队，等齐了同学才一起上学，这种团体精神大约也是日本人留下来的旧风。同学到得早的就玩游戏，玩得最多的便是拍球和丢米袋了，"跳房子"和"跳橡皮筋"是后来才兴的。

拍球的方法很滑稽，一面拍，一面唱：

"子——枝（ㄍㄧ）——牙——懦——呢——呢——呢。"

然后忽然把球从两腿之间往后面一送，用后面裙子包截住，做这个动作的时候要唱：

"哦——斯——多——那——依——窟——"

很多年后，我才知道自己小时候唱的是些日本歌谣，才知道"子——枝——牙——懦"是"月夜"的意思。也好在当时不知，如果知道是日本歌谣免不了回家去炫耀，而如果说了出来，搞不好会被妈妈"禁唱"，当时的外省人，大概没有不仇日的。

"丢米袋"的那首歌词如下：

"哦——依——多——子，哦——依——多——子，气（ㄑㄧ）——里——兮——多——哦——萨——拉,哦——依——麻——

米……"

这首歌词是什么意思我一概不知，后来请教了一些中年人，他们也都茫然。我有点为那些童年游戏的背景音乐即将消失而怅然。

被人叫"阿山"的经验固然没有，但，作为一个"外省囝仔"，我却也有小小的烦恼。天冷了，我穿了件毛衣去上学，这件毛衣竟把我弄成了"异类"，因为全校只有我一个人穿着这种"怪衣服"。

下课的时候，全班同学都来要求拔我毛衣上的小疙瘩（想来也是毛衣穿旧了，才会有那些疙瘩），自己班上的同学倒也罢了，连别班的也跑来分一杯羹。

"借我拔一点啦！借我拔一点啦！"

于是，我只好像个傻瓜似的站在那里，任人"拔毛"，我其实并不气同学，我只是为自己的"异常"烦恼。

我带的便当也很古怪，人家都是一只铝制品，我的却是一只巧克力糖盒子，盒面上还有凸纹的，每天吃饭我都不得安宁，每个同学都要来看看这只盒子，并且发表不以为然的意见。我很想要母亲给我买一个跟"正常人"一样的便当盒，可是母亲不答应，理由是"没有钱"，那时代外省人（上海人除外）都活得很穷很惶恐。奇怪的是为什么又穷又有巧克力糖呢？我想，穷，是因为身在异乡没有安全感，一切能凑合便凑合。巧克力糖则是代表家里还是某种台面上人物，所以有时也有旧日长官或部属来送一份礼。像朋友亮轩也有这种荒谬的故事，家里穷，买不起当时流行的胶质砚台（丢在地下都打不破的），却捧着一方"端砚"去上学。买廉价的胶砚的钱是没有的，价值几十万（以现在的价格论）的"端砚"却任你拿去，破落户过的日子经常如此荒谬。

读初中以后我发现"外省团仔"里面应该分成"空小（空军小学）派"和"非空小派"。空小派不太懂注音，四川话说得比"国语"溜；"非空小派"，像我，则多少会说些闽南语。

到了今天，有时会碰到朋友赞美我的闽南语，我的反应常是一脸不屑，我说：

"我现在闽南语久不说，退步多啦！当年，哼，我闽南语说得好的时候，人家都说：'你的普通话讲得不坏呢！'"

没有人叫我"阿山"，我也没有那样想过我自己。

——一九九二年一月十八日《"中时"·人间版》副刊

秋分

中　调

投　湖

　　初交九月，阳光微醺风微凉，而我，人在湖畔。湖水如镜，可堪入画。

　　"真是好天气。"老北京都这么说，"你们来得可巧，上个礼拜还热着呢！下了场雨就凉了。"

　　多么悠然的假日啊，多么宜人的北大校园啊。然而，我不该多嘴去找人问话的，我把什么事情都搞砸了。

　　"请问，这叫什么湖？"

　　"哦，叫未名湖。"那人推着脚踏车，大约五十岁，难得这人一副有耐心的样子，"你是台湾来的吧？"

　　"是啊！——哦，对了，我想起这未名湖来了，就是从前王国维投水自杀的地方嘛！"

　　"不对，不对。"看他非常认真地纠正我，我有点怀疑他是这北大的教授，"王国维投的是颐和园里的昆明湖，那湖离这里还远着哪！"

"呀——"我讪讪的，"我想我记错了，那么，老舍是跳这个湖死的吧？"

"不对，老舍跳的那湖叫光明湖，现在好像都填上土了。"

"那——那这未名湖究竟是谁跳的呢？"

不知是不是因为连着提出两次错误数据，我一急，居然问出这么一个古怪而大有语病的句子，倒仿佛北京之大，凡有湖处都该有人来跳似的。

对方也愣了，但他仍然客气地回答我：

"也作兴有人跳吧？'文革'的时候，死那么多人，谁还来记得这人是上吊死的那人是跳水死的！反正个人方便跳什么湖就跳什么湖呗！"

他走了，脸色黯败，我为自己接二连三的驴问题而自恼，九月的湖水却一径波光潋滟，完全不理会人类的说长道短。

> 试上高峰窥皓月
>
> 偶开天眼觑红尘
>
> 可怜身是眼中人

惶愧中，我轻轻念起王氏的那首《浣溪沙》，好一句"可怜身是眼中人"！思之，令人恻尽肺肝。然而，他为什么要去死呢？我每闻有人自杀总觉感伤，仿佛自己正死皮赖脸地捧着一碗馊面在吃，而这面，却是人家弃而不顾的。是因为不屑将洁净的缨带交付溷世的浊浪吗？为什么他绝尘而去呢？

至于那老舍，曾经那么倾心于新政的，哪里会想到有一天反遭"文革"之辱，一九六六年八月二十四日，他独自到湖畔坐了一整天，那一天他想了些什么呢？想到黄昏，他终于皈依了温柔的湖水。但因自杀是"自绝于人民"的坏事，家人连骨灰都领不到。近年来倒是平了反，骨灰盒里没骨灰可放，家人于是放入他的眼镜和他生前深爱的茉莉花……

"让湖水只是美丽的湖水吧！"我喃喃祝福，近百年来知识分子的浩劫已够惨伤了，愿湖只负责承载春日的桃瓣和夏日的垂柳，让民族的悲剧不再向湖水的舞榭去上演吧！

——一九九二年十月六日《联合报》联副

晚安 克劳斯先生
——悼芝大化学系主任

晚安，克劳斯先生，请安眠，请以永恒为枕，沉沉睡去。

我与你，从未谋一面，而且，你也从来不曾知道我的名字或我的存在。但对我而言，你却是经典，是我和我儿在长途电话里谈不完的题目。

你是"恶名昭彰"的芝大化学系主任，而我儿是通过博士候选资格考察，接受你指导的研究生。

听说我儿选你做指导教授，那些在台湾的师长都不免代捏一把汗，然而我儿年轻，犹然气盛，他"明知山有虎，偏向虎山行"。幸运的是，跟了你以后才知道，你其实并不凶恶，除了对学生的要求高一点，你其实是很好相处的。

我有时静静揣想你，一个德国人，取得博士学位远赴美国，在哈佛做博士后研究，然后受聘于芝大，成为国际景从的学人。骨子里仍然流着德国血，不能忍受任何不认真。

我儿有幸，跟你两年，然而谁料师生缘薄，那个周末，白天还好好的，晚上回家，心脏病扑上来，夺去你的生命。长途电话中我儿谈到你的死讯，不禁哽咽。

"我连他的皮毛都没学到啊！"他悲恨而悲伤。

大师的步趋岂是容易追踪的？但大师能令后生俯首，并且知道前面有一生一世走不完的路，因而顿生远志，也顿生谦逊。克劳斯先生，光这一点启示，就不枉这两年时光，我也因而对你无限感激。如果一切顺利，我原可以在我儿的毕业典礼上向你致谢。我虽生他养他，但你却引他走入化学的化境。只是，此番感谢，如今只能说向你的坟头了。

谢谢你，克劳斯，你曾把生命中最辉灿的末期岁月分一部分给我儿，你曾爱那个我至爱的骨血。你给了他一个全新的世界，而对那世界，我一无所知，我不能置一词。只是我隐隐知道，一切的知识臻其化境，都是天地间最高机密之分享，都是窥造物之玄奥，也都是参天地之化育。

晚安，克劳斯，请受这中国母亲的俯首一拜，大恩难言谢，只好谢天。谢谢上天曾在六十二年前赐下你，和你恣纵的才华，谢谢洛克菲勒家族在百年前曾执意要在密歇根湖畔设一所大学来凝聚梦想，谢谢你曾赐给我儿两年美好的时光。

晚安，克劳斯，请以永恒为枕，沉沉睡去。

我自我的田渠_
归 来

易 朽

新开一家盆景店，据云现代都市家庭必须利用这玩意，这种局部的绿意（至于大片的绿，如众所周知，早就赶尽杀绝了），可以用来维持眼睛最低度的营养。

又据云现代人的字典里早已经没有"照顾"一词了。所以那些小盆小罐的局部绿意过不久皆纷纷死去。都市人把那些枯黄的脸庞连着盆子一起丢了，等周末再去假日花市买一钵更新鲜的绿萝来自我点缀。

所以，据说卖盆景的人都生意鼎盛，这都是拜"盆景死亡率"极高所赐。

而路旁这家新开的盆景店也一副人气旺盛的样子，门口还贴着广告，上面的字皆有斗大：

防霉防蛀，不须浇水。

免施肥免修剪永葆青翠。

我有点好奇，他们卖什么怪植物呀？居然这么乖这么好养。想着想着，便探头进去望了一望，这一望立刻真相大白，我也立刻转头落荒而逃，原来他们在卖些假树假草。我跑得飞快，仿佛双眼被流弹打中。

啊，不要惩罚我，我想我宁可忍受那些会发霉会生蛀虫的树。我宁可咬牙面对浇水的辛劳——或忘了浇水的悔恨。我若有幸和它们一起共度春天绿鬓翠眉的岁月，也就可以无憾地接受在晚秋时分衰鬓相怜的心情。它若自自然然要衰老要死亡，我虽然会心摧，但也会说服自己为一度确实地拥有而感谢。

请容许我痛恨那不怕虫不怕雨不怕旱的"非生命"吧！如果我爱那个叫"生命"的东西，我大概就没有权利去拒绝属于生命的脆弱和易朽的本质。

《圣经》上有一句话说：

"上帝的愚拙总比人智慧。"

不要给我那些巧慧之人生产出来的巧慧的"假生命"，我宁可要上帝制的易衰易朽易于出错的真生命。

家里有一棵真树，等于放一句"生命的箴言"在厅堂里——这种事，怎么能用假树假叶取代呢？你给六祖惠能一棵假菩提树，他就能悟道吗？你给朗费罗（美国诗人，曾写过有名的《树》诗）一棵假树，他就能写诗了吗？你能用假树骗小鸟来栖息吗？如果不能，为什么独独准许用它来骗自己的眼睛呢？

——一九九三年十二月十四日《"中时"·人间版》副刊

受苦者的肢体

　　隔了六十年，用录影带来看当年的卓别林闹剧，依然要流泪，感觉上居然好像是旧片重看。其实此片虽是旧片，我却明明是第一次看啊！

　　那些眼泪错觉上也像是重流的，仿佛六十年前流过，今日又再流一次。但六十年前我根本不存在啊！

　　感谢默片，如果电影一开头就能克服技术上的种种困难，演出今天这种有声电影，我们就没有卓别林这个人了，这损失真不知有多么大呢！

　　因为唐朝没有飞机，所以才有唐三藏一步一步行过万里去取经的故事。

　　因为秦朝没有电脑，伏生便把经书输入自己心中，那最深最安全的数据库。

因为没有语言，默片便用肢体为警句，不断用肢体来摧挫敲打我们迟钝的心。

古希腊的剧场和中国剧场有一件事很类似，两者的戏基本上都是演给神明看的。人看戏，算是沾光。希腊人因而不容舞台上有血腥场面，剧情中如果有人要悬梁上吊或自刿双目，可以，但一律安排在后台，观众只能靠报信人的口头叙述来知情。中国舞台尺度比较宽，中国神明似乎并不反对看杀人场面，但所有杀人的动作都虚晃一招，点到为止。评剧里被杀的人只需把头一偏，自行走到后台了事。

然而电影来了，影片把人的生活纤毫毕见地展现出来。电影院恍若入夜后的岩穴，伸手不见五指。在这里，人人都恢复为一个单独的原始人，去单独听人述说一则族人的传奇，看人不再是庙宇举行宗教节庆演出之际"万头攒动"中的"观众之一"。他是被"人工夜幕"的黑暗紧紧裹住的单独的自己。

卓别林在这时候出现，黝黑的剧院中，他让我们的眼睛清清楚楚看到受苦者的肢体。以前舞台上不要给我们看的受苦细节，他竟拿来给我们看了。例如好端端坐着，却因地板太烂，椅腿插陷进去，他跌得鼻青脸肿。例如站在大工厂的机器前，他把自己卡进机带里去，只好跟着电力运转。又例如他重复做着上螺丝钉的动作，下了班两手仍然惯性地扭动不止。又例如在军队里，他一副"活老百姓"相，班长每教他"向后转"，他总把两腿扭成一根麻花，而"向后转"的动作却无法完成。

他在受苦，他的肢体在人世间遭尽折磨。没有语言、没有修辞，只有一个愣愣的小人物顶在那里，顶在那里用他的肢体——那是他仅有的资产，因为金钱和智慧显然他都不拥有——受苦受难。看卓别林，我们一面笑，一面流泪，因为我们都蓦然想起另一个同样也在受苦的人，另外那个屈辱和酸辛的受苦者，你猜对了，就是那个叫"我"的受苦者。

　　　　　——一九九三年十二月十四日《"中时"·人间版》副刊

中　调

垃圾桶里的凤梨酥盒子

那一次旅行，为的是去看东方白笔下的露意湖。飞机飞到加拿大的盖尔格瑞城，余下的路便须自己开车了。于是先去订旅馆、租车。

在盖城，刚好碰上牛仔节，十几万人的嘉年华会，这场热闹不赶白不赶，我们也巴巴地买了票，打算去看牛仔怎么骑烈马，怎么丢绳子套小牛……

场子极大，加拿大反正什么都大，每个人都穿红着绿，有人头戴阔边牛仔帽，有人腰系极夸张的牛仔皮带，有人足蹬牛仔鞋……全城一片喜气，人人不但打扮得像牛仔，而且，像刚在竞技场上赢到大额奖品的牛仔。

我觉得光在场外走走，就已经很精彩了，虽然，也不过就是节庆气氛罢了，但看见小孩子人手一个气球，大人都抱着冰激凌和爆米花，倒也是一种简单的幸福……你要问我自己呢？我大概只能置身事外，当然，如果我家今年有匹小马来参选，我一定整根心弦都绷紧了。但此刻，我只是无可无不可地到处逛逛，一面点头说：不错，不错……

路旁每隔二十米就有个大汽油桶，供人丢垃圾。这种场子如果没有垃圾桶是不可想象的。我跑过去要看它一眼，丈夫觉得我的行为很诡异，我却振振有词，说：

"看垃圾桶也是门学问呢！垃圾桶里是大有文章的呀！"

于是我跑到桶前进行我自己所谓的"伟大观察"，不料才一看，便忽然愣住了，接着大叫一声——非常"无学问状"。

"什么事？"女儿问。

"啊！怪！你们看，你们看，这里丢着一个凤梨酥的盒子。这盒子，照我看，是我们台湾来的人丢的！"

"场子里十几二十万人，有个从台湾来的中国人在里面并不稀罕啊！"丈夫说。

但不知为什么，我就是觉得稀罕，就是觉得快乐，游园的感觉也不同了，而且，一直很没出息地念着：

"这个爱吃凤梨酥的人是谁呀？他们是旅行路过此地呢，还是长年住在北美？他们的凤梨酥是直接带来的，还是唐人街买的？

他们是几个人？是不是也带着孩子——孩子才是最爱吃凤梨酥的呀！"

　　我又想起自己少年时代曾多么喜爱这样酸酸甜甜的酥饼，如果有同学从台中来而敢于不带凤梨酥给大家分享，我们一定把她怨个半死的。后来因为怕胖，总有二十年不去碰它了，但此刻，在加拿大的草原城里，我却切切地想起凤梨酥的好滋味来。

　　我以为自己看老外和看老中是一样的，我以为我早已养成众生平等观，及至身陷在碧眼金发的旋涡里，猛然看到一个遭人抛弃的纸盒，才老实承认自己对自己族人的依恋有多么深。

　　　　　　——一九九三年十二月十四日《"中时"·人间版》副刊

顾二娘和欧基芙

"这块砚台和别的砚台不同，""故宫博物院"的导览小姐停下来，让我们看看灯光下那幽玄生辉的石头，"这砚台，制作的人叫顾二娘，女人做砚台，很少见的。"

我们都驻足省视那砚台，经她一说，果真看来有点女性趣味，想起吴文英的词"有当时，纤手凝香"，这砚台，也恍惚仍凝聚着三百年前那女子的芬芳手泽。

然而，它又简朴清雅而不见繁缛，石材也选得好，沉黑柔腻。论其色，不像矿物，而像最最深情的眉睫的颜色。

我对古玩不内行，以前也没想过"砚台皆系男人手制"的事。听解说小姐之言才猛然惊醒，原来"琢砚"的精工，本是男人专利——一切技艺性的传承本不包括女子。但这顾二娘怎么会有这手手艺的呢？

　　"她丈夫早死，没孩子，侄子又小，只好她接手来做。"

　　对，因为接手，所以有了手艺。

　　顾二娘的侄子后来长大了，技艺已成，便入了宫，奇怪的是顾家有几代琢砚高手，但留名砚史的反而是这位媳妇。大概高手必须入宫，入宫以后，就失去了草莽性格，处处要揣摩王侯的品位，反而绑手绑脚，不及这顾二娘，于悠闲自在中，深得石趣。

　　令人低回的是"她丈夫早死"那句话，让我猛然想起前些年谢世的美国女画家欧基芙（Georgia O'Keeffe），她早年跟着摄影家丈夫住纽约，后来，丈夫死了，她搬到新墨西哥州的圣塔菲古城。面对西南部的漠漠沙碛，她重新定位属于美国本土的风景，一直画到九十九岁才死，生命力真是旺盛惊人。

　　顾二娘和欧基芙用传统社会眼光去看都是"苦命女子"。但事实却不然，她们的生命遭此一劫反而一空依傍而独立自主起来。

　　顾二娘是出生于十七世纪末的人，欧基芙则出生于十九世纪末，顾二娘一生雕琢砚台，欧基芙则跑去画荒原上鲜花和枯骨交错的生生死死。她们原来都可能穷愁一世，但她们却都活得光鲜耀目，熠熠逼人。

　　我再三看橱柜中那精致的砚台，沉实细腻，阅过三百年间的兴亡，而依然安娴贞定，不禁为那一小方的美丽而目驰神授。原来巴掌大的一凹石砚里亦自有它自家的宇宙大化，风雷沼泽，亦自有其春柳舒碧，蒹葭含霜。啊！这令人思之不尽的顾二娘。

——一九九三年十二月二十八日《联合报》联副

我自我的田渠
归 来

一则关于朝颜的传说

我听到这样一个故事：

在树枝的高处，有一只那年夏天刚孵化出来的小鹡鸰。

在树下草坡上，有一地灿开的朝颜，也就是我们说的牵牛花。只是在那远古的时代，它们都习惯于平长在地上，从来不知道什么叫攀爬。

这天清晨，小鹡鸰正在享受母亲刚捕捉到的小虫。

小虫十分美味，小鹡鸰大口地吞吃，母亲不吃，它在一旁絮絮叨叨地说话：

"今天天气真好，天空很蓝，云很白。"

这一点，小鹡鸰懂，因为，蓝天和白云，它在窝里抬起头来就能看到。

"草地很绿，很柔软。"母亲继续说。

绿和柔软，小鹞鹛也懂，因为它们栖身的大树长满绿色的树叶，而它们小小的巢里也经常填满母亲不知从哪里衔来的柔软的苇芒。

"而且，草地上爬满了大片美丽的紫色朝颜。"

"紫色是什么？"这一次小鹞鹛完全不懂了。

"紫色是一种颜色，它是由太阳的红和天空的蓝调和成的。"

然而小鹞鹛想不出那是什么奇怪的颜色。

"朝颜又是什么？"

"朝颜是一种花，像一只可以吹的喇叭。"

小鹞鹛一点也听不懂："奇怪，花是什么？喇叭又是什么？"

"还有，那'美丽'又是什么？"

"美丽，"妈妈的眼睛闪烁，"啊，叫我怎么说呢？美丽是一种叫你一见之下，就忽然心折忽然谦逊的东西。"

"你不能带它来给我看吗？"小鹞鹛急了，因为它更不懂什么叫心折和谦逊。

"不能，"母亲说，"美丽的紫色朝颜是离不得土地的，它会立刻萎谢而死。"

"可是我想看一眼美丽的紫色朝颜啊！"

母亲没想到小鹞鹛在情急之下会叫得那么大声。

连不远处的朝颜也听见了。

这样的声音里透着渴望和哀求，使它的心为之一紧。

"是的，我不可以离开土地，但是，让我试着爬上树去，让小鹪鹩看一眼吧！"

于是它非常艰难地向大树挪移。三天之后，才勉强到达树根，而在它开始试着爬树的时候，自己柔细的指头被大树的树干剐破了，它没有料到树皮竟然如此粗糙。然而它忍着痛继续往上爬去。

七天之后，它爬到小鹪鹩的窗口，精疲力竭之际，它听到那母亲的声音：

"啊，孩子，快来看，这就是我所说的美丽的紫色的朝颜。它来了，它把自己的美自己送来了。"

从此以后，朝颜变成一种脚跟虽不离地，手臂却能垂直爬上山坡篱笆或岩石的奇异小花。

——一九九三年十二月二十八日《联合报》联副

为什么不设"十大杰出病人奖"？

有一次，和某位复健科的医师谈话，他是我十年前的学生，我说起话来不免有点习惯性的大言不惭：

"社会上成天选什么十大杰出男青年、女青年，也有十大杰出农家和十大杰出经理，为什么你们不选个十大杰出病人来表扬表扬呢？"

医生看着我，说：

"好像有理。"

"何止'有理'，简直是太有道理了。你想，那些人之所以当选了'十大杰出'，都是因为他们'成大功，立大业'。但是，从中国自古以来的孝道观念说，人类最大的'功业'是什么？就是照顾好自己的身体呀——对不对？"

"从医生的观点看，当然非常同意这个说法。"

　　"好，你我都承认，身体才是人类最基本的事业。一个人如果生了病，他到医院来，他立志做个'乖病人'。从此，他自己，甚至他全家，都努力去和医生配合，最后，终于打了一场漂亮的胜仗，把自己恢复成正常有用之身——这种人，如果不褒扬，简直是没有天理。"

　　医生又点头。

　　"而且，人能不能成为杰出科学家、杰出演员、杰出企业家、杰出运动员，也是各凭造化——但有一点倒是众生平等的，凡是人，迟早都要生个或大或小的病。既然人类都有一天会生病，我们就应该及早学会如何做个杰出病人，奇怪，怎么这世界上只有'教医生如何成为好医生'的学问，却没有'教病人如何做个好病人'的学问？"

　　"对，'好病人'很难求。"医生说。

　　"譬如讲，刘侠、李佩菁、张拓芜、孙运璇，都是很打拼的病人，这种努力，这种败部求活的意志，可以鼓舞多少病人啊！我说要奖励杰出病人，绝不是为那病人自己，是为了其他心情枯索黯败不知何去何从的病人。

　　"那些杰出的企业人士，也许一天上八小时或者十二小时班，但，病人照顾自己，却是二十四小时都要兢兢业业、中规中矩的——生病本身是一种全天候的职业，不容你有一丝半毫的懈怠。你知道吗？'久病'之余不但'无孝子'，最可怕的是，连自己爱自己的心情都没有了。所以，能坚持继续热爱自己，因而能好好把自己照顾好并且康复的人，医师工会都应该把他们选出来作为'病族楷模'才对！"

医生连声称是。

人类的身体在大病之余仍能康复，其实是一项神迹，而这神迹却必须天人合作才能竟其功。康复的人其实是在不知不觉间参与了"天功"。这整个过程，无论如何，都该以神圣视之。

啊！我多么想踏进每一间病房，去告诉每一个跟强敌辛苦作战的"病床人"，说：

"嗨！你知道吗？虽然整个社会都忘了该发张奖状给你，但你自己一定要知道，你绝对是一个非常非常杰出的病人！"

——一九九三年十二月四日《联合报》联副

中　调

你我间的心情，哪能那么容易说得清道得明

——序长安版的《从你美丽的流域》

你我间的心情，哪能那么容易说得清道得明呢？

我们坐在敦煌莫高窟前。

这里，就是这里，我已来过一千次——只是，前一千次都在魂思梦想里。

他，是一个尽责的随团记者，因为答应给某杂志写稿，此刻，他便正经八百地问起问题来：

"说说你这次丝路之旅的感想好吗？"

他备好纸笔，按下录音机：

"我——"

那时是正午，一尊尊菩萨都或坐或卧或立或歇在他们各自的洞窟里，他们那样华丽庄严，不涉一丝人世是非。烈日下，供人照相

的骆驼也伏身休息。还有那些光鲜离奇的古装衣服正一套套吊在那里，艳魅诡异，令人错愕四顾，仿佛该有人来吹个唢呐什么的。

黄沙万里，弥天盖地，天色澄碧到近乎无情的程度；因为那蓝太纯，纯到不像真的，让人以为自己竟是坐在壁画里。

"啊！你叫我说什么呢？"我说，"在这个世界上，我也算是跑过许多地方了，北半球南半球东半球西半球，但如果我去印度，我可以冷眼看那些精美绝伦的古文化，以荒谬的身姿坐落在乌烟瘴气贫穷落后的现实社会里。看他们的好东西我会有纯粹的美的喜悦，但不会气血翻涌，引以为自豪。至于那些肮脏鄙陋，我虽也颦眉叹气，但却不会有落泪长号的悲恸。就连在印度古堡里遭人扒窃，弄得自己捉襟见肘，也照样嘻嘻哈哈，面不改色。原因很简单，我之所以掉钱，是因为我碰上了'坏人'，但这'坏人'既是印度人，不是中国人，我也就没有彻骨的悲痛和愤恨。

"而在中国大陆旅行，心情就不一样，你不像那些法国人日本人，你注定不是个心情轻松的观光客。你前一分钟才为一个风景或一处古迹而感动流泪而以身为中国人自傲，可是后一分钟，你又为某件事情气到要吐血要骂人八代祖宗。而这时候，如果又有人来拉着你，叫你'行个好'，给他钱去买个吃的，你真想放声大哭——

平常，去任何地方旅行都能让身心休息，但到中国大陆不成，因为你对这块土地有情，因为你无可救药地还爱着自己的同胞手足。所以你忍不住又哭又笑又喜又怒又爱又恨，又祈祷又绝望，又祝福又咒诅……你简直不知怎么办，总之，你休想神经松弛。

"你叫我说感想，我哪里来得及有感想，自己一颗心都不知要怎么安怎么放了，哪里来得及有什么感想……"

热沙在四面大野蹲踞，仿佛恶兽猖狫，随时可以前来扑杀行人。奇怪的是，这八月酷暑，不时仍有一丝凉风吹来。这既是天堂也是地狱的地方啊！

那记者听我一番话，也傻了。后来，他那稿子也不知怎么写的，我真的不是个良好的"受访人"，我应该好好发表三点或四点感想，然而我不能，我只能胡乱说出自己纠结盘曲的心情。

西安出版社要我为大陆版的《从你美丽的流域》写个序，我不知为什么，竟觉艰难。其实，此生此世，我一直渴望透过我深爱的方块字把我血脉中沸腾的声音翻译出来，给我深爱的族人去一一共证。

其实事情是很简单的事情，只是心情复杂，唐人宋之问的诗或许很宜于描述我此刻的心事：

岭外音书绝

经冬复历春

近乡情更怯

不敢问来人

啊！亲爱的读者，你原是我至亲至挚的乡人，我们都已出发。我，以我的书，你，以你的视线。我们终必相逢，在书中某个江山幽极处，某个桃李照堂处。相逢之际我一时竟不知如何开口，你我间的心情哪能那么容易说得清道得明呢？

古代的诗人离家十一年已经近乡情怯，而我呢？离开故土已过了四十多次"经冬复历春"了；是的，我不知道该跟你说什么。如果我也情怯，请谅解我吧！

我自我的田渠
归 来

生命，以什么单位计量

这是一家小店铺，前面做门市，后面住家。

星期天早晨，老板娘的儿子从后面冲出来，对我大叫一句：

"我告诉你，我的电动玩具比你多！"

我不知道他在跟谁说话，四面一看，店里只我一人，我才发现，这孩子在跟我做现代版的"石崇斗富"。

"你的电动玩具都是小的，我的，是大的！"小孩继续叫阵。

老天爷，这小孩大概太急于压垮人，于是饥不择食，居然来单挑我，要跟我比电动玩具的质跟量。我难道看起来像一个玩电动玩具的小孩吗？我只得苦笑了。

他其实是个蛮清秀的小孩，看起来也聪明机灵，但他为什么偏偏要找人比电动玩具呢？

"我告诉你，我根本没有电动玩具！"我弯腰跟那小孩说，"一个也没有，大的也没有，小的也没有——你不用跟我比，我根本就没有电动玩具，告诉你，我一点也不喜欢电动玩具。"

小孩目瞪口呆地望着我，正在这时候，小孩的爸爸在里面叫他：

"回来，不要烦客人。"

（奇怪的是他只关心有没有哪一宗生意被这小鬼吵掉了，他完全没想到说这种话的儿子已经很有毛病了。）

我不能忘记那小孩惊奇不解的眼神。大概，这正等于你驰马行过草原，有人拦路来问：

"远方的客人啊，请问你家有几千骆驼，几万牛羊？"

你说：

"一只也没有，我没有一只骆驼，一只牛，一只羊，我连一只羊蹄也没有！"

又如雅美人问你："你近年有没有新船下水？下水礼中你有没有准备够多的芋头？"

你却说："我没有船，我没有猪，我没有芋头！"

这是一个奇怪的世界，计财的方法或用骆驼或用芋头，或用田地，或用妻妾，至于黄金、钻石、房屋、车子、古董——都是可以计算的单位。

　　这样看来，那孩子要求以电动玩具和我比画，大概也不算极荒谬吧！

　　可是，我是生命，我的存在既不是"架""栋""头""辆"，也不是"亩""艘""匹""克拉"等单位所可以称量评估的啊！

　　我是我，不以公斤，不以厘米，不以智商，不以学位，不以畅销的"册数"计量。我，不纳入计量单位。

　　　　　　——一九九三年十二月二十八日《联合报》联副

长　调

我知道你是谁

（一）

在这八月的烈阳下，在这语音聱牙的海口腔地区，我们开着车一路往前走，路上偶然停车，就有人过来点头鞠躬，我站在你身旁，狐假虎威似的，也受了不少礼。

这时候，我知道你是谁，你的名字叫作"医生"。

到了这种乡下地方，我真是如鱼得水，原因说来也简单可笑，只因我爱瓮。而这里，有取之不尽的破瓦烂罐。老一辈用的咸菜瓮，如今弃置在墙角路旁，细细的口，巨大的腹。

像肚子里含蕴了千古神话的老奶奶，随时可以为你把英雄美人、成王败寇的故事娓娓说上一箩筐。

而这样的瓮偶然从蔓草丛里冒出头来，有时蹲在一只老花猫的爪下，有时又被牵牛花的紫毯盖住，沉沉睡去。

"老师，你看上了什么瓮，就告诉我，这里的人我都认识，瓮这种东西，反正他们也不太用了，只要我开口，他们大概总是肯卖肯送的。"

然而这也不是什么"伯乐过处，万马空群"的事业，所谓爱瓮，也不过乞得一两只回家把玩把玩，隐隐然觉得自己拥有一些像宇宙黑洞般的神秘空间罢了。

捡了两个瓮，你忽然说："我得去一位老阿婆家，我估计她这两天差不多了，我得去给她签死亡证明。"

我们走进三合院，是黄昏了，夕阳凄艳，小孩子满院乱跑，红面番鸭走前巡后，一盆纸钱熊熊烧着，老阿婆是过世了。

全家人在等你，等你去签名，等你去宣告，宣告一个生命庄严的落幕。我站在旁边，看安静的中堂里，那些谦卑认命的眼睛。（真的，跟死亡，你有什么可争的呢？）也许是缘分吧？我怎会千里迢迢跑到这四湖乡来参与一个老妇人的终极仪式呢？斜阳依依，照着庭院中新开的"煮饭花"（可叹那煮饭一世的妇人，此刻再也不能起身去煮饭了），我和这些陌生人一起俯首为生命本身的"成""坏"过程而悲伤。

归来

　　那时候，我知道你是谁，你这曾经与我一同分享过大一"国文"课程的孩子，如今，你的名字叫"医生"。

（二）

　　借住在蔡家，那家人，我极喜欢，虽然有点受不了海口腔的闽南语。

　　喜欢那头牛，喜欢那夜晚多得不可胜数的星星，喜欢一家人脸上纯中国式的淡淡木木的表情。（是当今世上如此稀有的表情啊！）

　　你说，这一带的农人，他们使用农药，农药令整个台湾受害，但他们自己也是受害人。在洒毒的时候，他们自己也慢性中毒，许多人得了肝病。蔡老先生的肝病其实也不轻了。送我回蔡家，顺便也给蔡老先生看看病。

　　"自从用药以后，"你暗暗对我说，"出血止住，大便就比较漂亮了。"

　　对一生追求文学之美的我来说，你的话令我张口错愕，不知如何回答。在这个世界上，像"漂亮"这样的形容词和"大便"这样的主词是无论如何也接不上头的啊!

然而我知道,你说这话是诚心诚意的,其间自有某种美学。

我对这种美学肃然起敬。

只因我知道持这种美学的人是谁,那是你——医生。

(三)

人山人海,医院门口老是这样,我和季坐在诊疗室一隅,等你看完最后的病人。

走进诊疗室的是一个小男孩和他的母亲,母亲很紧张,认为小孩可能有疝气。小孩大概才六七岁吧!

你故意和小孩东拉西扯,想缓和一下气氛。而那母亲,那乡下地方的女人,对聊天倒很能进入情况,可以立刻把什么人的什么事娓娓道来,小孩的恐惧也渐渐有点化解的样子。

由于孩子长得矮,你叫他站在诊疗床上。

"脱下裤子来让我看看!"大概你认为时机成熟了。

没想到小男孩讲究"三点不露"的原则,他一手护住裤腰,一手用力推了你一把，嘴里大叫一声：

"你三八啦！"

我和季忍俊不禁，大笑起来。

我想起小时候看的一幅漫画，一个小男孩用他暗藏的水枪射了医生一头一脸，然后，他理直气壮地向尴尬的母亲解释道：

"是他，他先用槌子敲我膝盖，我才射他的！"

原来小病人有那么难缠。我想，这种事也只是很小很小的 case 罢了，麻烦的事，一定还多着呢！

但我相信你能对付的，因为，我知道你是谁，你的名字叫"医生"。

（四）

"有时候，我充满无力感。"

下午的诊所里，你的侧影有些忧伤。

"我忽然发现医疗能做的很少，环境才是最重要的，如果水不好了，食物不对了，医疗又能补救什么呢？"

你碰到我此生最痛最痛的问题了，我不敢和你谈下去。全世界的环境都坏了，台湾也坏了。幼小时节那些清澈见底的小河，河里随便一捞就是一把的小鱼小虾哪里去了？那些树、那些鸟、那些蝉、那些萤火虫，都到哪里去了？

我知道你的忧伤，你的痛。正如在百年前习医的孙中山和鲁迅心中，也各有其痛。我认识你，你的忧世的面容。你，一个"医生"。

（五）

"病人一直拉肚子，一直拉，但是却找不出原因来，"你说，"经过会诊，还是找不出原因来，最后，就送到精神科来。"

那是一场小型的有关精神病学的演讲，但不知为什么，听着听着，令人眼中涨满泪意。

"我慢慢和他谈话，发现他是个只身在台的老兵，想回老家，可是那时候还没解严，不准回去。他原来是该痛哭流涕的，可是这又是个让男人不可以哭的社会，他的身体于是就选择了腹泻来抗议……"

这是精神医学吗？我竟觉得自己在听一首诗的精心的笺注，一首属于这世纪的悲伤史诗的笺注。

那个病人，就如此一直流耗着，一直消减着。我想起这事，就要落泪，为病人，也为那窥及灵魂幽秘处的精神医学……

是的，我知道你是谁，你这因了解太多而悸动不已的人；你，医生。

（六）

因为要参加一个校际朗诵比赛，你们便选了诗，进行练习。我是指导老师，在台下一遍遍地听，一遍遍地修正。

其中有一句独诵是你的，但每次你用极低沉哀缓的声音念"当——我——年——老——"，同学就哧哧地笑出声来。并不是你念得不好，而是一颗年轻的心实在不知道什么叫"年老"。把"年老"两字交给十八岁的人去念一念，对他们已足以构成一个荒谬古怪的笑话，除了好笑还是好笑，此外再无其他。

但是，事情渐渐居然变得不再好笑了。那句话像什么奇怪的咒语，渐渐逼到眼前来了。老韩院长匆匆去了，一位姓周的职员也去了——我一直记得他絮絮叨叨地跟我说，你知道吗？你知道吗？开始有阳明的时候，那些办公桌是怎么运来的，全是我用我这个背一张张背上来的呀。——然而，他们走了。

曾有一个同学，极长于模仿老韩院长的声音，凡遇什么有趣的场合，总要抓他表演一番。他则老喜欢学那一段老韩院长最爱自卖自夸赞赏阳明人的话：

"We are second to none."

当年他学的时候，大家都开心、都笑，都有大人物遭丑化的无伤大雅的喜悦。而现在，我多想再听一遍那仿制的声音，也许听了以后会哭，但毕竟是久违的故人的声音。就算是仿制的。

"当——我——年——老——"

原来那样的诗不仅是供作朗诵比赛用的句子，它真的蹦到我们的生活里来了。不，不仅是"当我年老"，还可以是："当我死去——"

我看着你，你正盛年，但那咒语是谁都逃不过的。于是，我看见你们茂美的青发渐渐凋萎稀少，眼角的鱼纹越趄游来……

"当我年老——"

当我年老，我知道你们的精神生命里曾有一滴半滴属于我的血，

　　我为此，合十感谢。

　　当你年老，我知道属于你的一生已经全额付出。

　　两千年前的英雄恺撒可以这样扬声呼喊：

　　我来了，

　　我看见了，

　　我征服了。

　　你我却可以轻轻地说：

　　我来了，

　　我看见了，

　　我给予了。

　　而在你漫长一生的给予之后，我会躲在某个遥远的云端鼓掌、喝彩，说："啊，我知道你是说，你是医生。"

　　后记：这里所写的人都是跟阳明有关的师生，但不单指一个人。

——一九九二年五月二十二日《联合报》联副

长 调

我的幽光实验

　　闰三月，令人犹豫。恋旧的人叫它暮春，务实的人叫它初夏——我却趔趔趄趄，认为是春夏之交。

　　这一天，下午五点，我回到家。时令姑且算它是春夏之交，五点钟，薄暮毕竟仍悄悄掩至了。这一天，丈夫和女儿刚好都有事不回家吃晚饭。我开了门，一个人站在门前，啊！我等这一天好久了，趁他们不在，我打算来做我的"幽光实验"。

　　想做这个实验想了好一阵子，说起来，也不过发自一点小小的悲愿，事情是这样的：我反核，可是，我却用电。我反对我们的核能废料运到雅美人的碧波家园去掩埋，然而，我却每个月出钱给电力公司以间接支持他们的罪行，我为自己的伪善而负疚。不得已，只好以少用电来消弭。因此，在生活里，我慎重地拒绝了冷气。执教于公费学院，学校的预算比捉襟见肘的私立大学是阔多了，连工友室也装冷气，全校不装冷气的大概只剩我一个了。每次别人惊讶问起的时候，我一概以"我不怕热"挡过去。后来，某次聊天，发现知名人士林正杰也不用冷气，不禁叹为知己。台北市的盛夏，用自己一身汗水去抗拒苦热，几乎接近悲壮。这其中，也无非想换个心安。"又反核四厂，又装冷气机"，对我而言，简直是基本上的文法不通，根本是说不出口的一句话。

除了冷气机不用之外，还能不能找个法子省更多的电呢？我问自己。

有的，我想，如果每一天晚一点才开灯的话。

听母亲说，外婆和曾外婆，她们虽然家境富裕，却都是在黄昏时摸黑做针线的。"她们的眼睛真好哩！摸黑缝出来的也是一手好针线呢！她们摸黑还能穿针，一穿就进。"

我遥想那属于她们的年代，觉得一针一线都如此历历分明。人类过其晨兴夜寐的岁月总也上万年了，电灯却是近百年来才有的事。油灯、蜡烛在当年恐怕都是能省则省的奢侈品。既然从太古到百年前，人类都可以生活得好好的，可见"电力"是个"没有也罢"的东西。

上帝造的人，本是一件简单的生物：早晨起床，工作，晚上睡觉，睡觉前的时间可以摸黑做一些半要紧半不要紧的事，例如洗澡、看书、讲故事、作诗。

反正上帝他老人家该负全责的，白昼是他安排的，黑夜是他规划的。那么，在昼夜之间的夕暮，也该归他管才对。根据这样的逻辑演绎下来，人类的眼睛当然理该可以适应这时刻的光线。

但不知从什么时候开始，人类变得像一个神经质的小孩，不能忍受一点点幽暗。一个都市人，如果清晨五点醒来，连想都不用想，他的第一个本能大概就是急急按下电灯开关，让屋子大放光明。他已经完全不能了解，一个人其实也可以静静地坐在黎明前的幽光里体会时间进行的感觉。那时刻，仿佛宇宙间有一把巨大的天平，我在天平此端，幽光，在彼端。我与幽光对坐，并且感知那种神秘无边的力量。方其时，人，仿佛置身密林，仿佛沉浮于深泽大沼，仿佛穴居野处的上古，仿佛胎儿犹在母体，又仿佛《易经》乾卦里的那只"潜龙"正沉潜某处，尚未用世。方其时，"天地玄黄，宇宙洪荒"——这是《千字文》的句子，古代小孩启蒙时要念的第一篇，是幼童蒙昧的声音在念宇宙蒙昧期的画面——一切还停顿在《圣经·创世记》的首章首句：

"起初上帝创造天地是空虚混沌，渊面黑暗……"

坐在这样黎明前的幽光里，何须什么飞利浦牌或旭光牌的电灯来打扰。此时此刻，那曾经身处幽潜的地球和曾经结胎于幽潜子宫中的我，一起回到暖暖幽光中，一起重温我们的上古史。当此之际，我与大化之间，心会神通，了无窒碍。此刻，灯光，除了是罪恶，还会是什么呢？

黄昏，是另一段幽光时分。现代人对付黄昏的好办法无他，也是立刻开灯。不错，立刻开灯的结果是立刻光明，但我们也立刻失去自己和天象之间安详徐舒的调适关系。

现代的人类如此骄纵自己，夏天不容自己受热，冬天不容自己受冷，黄昏后又不容自己稍稍受一点黑。

然而，此刻是下午五时，我要来做个实验。今晚，我来试试不开灯，让我来验证"黄昏美学"，让我体会一下祖母时代的生活步调，我就不信那样的日子是不能过的。

记得十多年前，有一次为了报道兰屿的兰恩幼儿园，带着个摄影家去那里住过一阵子。简单的岛，简单的海，简单的日出日落。没有电，日子照过。黎明四五点，昊昊天光就来喊你，嗓音亮烈，由不得你不起床。黑夜，全岛漆黑，唯星星如凿在天壁上的小孔，透下神界的光芒。

在岛上，黄昏没有人掌灯。

及夜，幼儿园里有一盏汽灯，远近的孩子把这里当阅览室，在灯下做功课。

而此刻，在台北，我打算做一次小小的叛逆，告别一下电灯文明。

天不算太黑，也许我该去煮饭，但此刻拿来煮饭太可惜，走廊上光线还亮，先看点书吧。小字看来伤眼，找本线装的来看好了。那些字个个长得大手大脚的，像庄稼汉，很老实可信赖的样子。而且，我也跟它们熟了，一望便知，不须细辨。在北廊，当着一棵栗子树、两钵鸟巢蕨和五篮翠玲珑，我读起陶诗来："……斯晨斯夕，言息其卢，花药分列，林竹翳如。清琴横床，浊酒半壶，黄唐莫逮，慨独在予。"

哇！不得了。人大概不可有预设立场，一有立场，读什么都好像来呼应我一般。原来这陶渊明也注意到"林竹翳如"之美了，要是碰到今人拍外景，就算拍竹林，大概也要打上强光，才肯开镜吧？

没读几首诗，天色更"翳如"了，不开灯，才能细细感觉出天体运行的韵律，才能揣摩所谓"寸阴"是怎么分分寸寸在挪移在推演的。

一日的时光其实是一段完美具足的生命，每一刹那都自有其美丽。然而，强灯夺走了暮色，那沉潜安静的时分，那鸟归巢兽返穴的庄严行列，在今天这个时代，全都遭人注销，化为明灿的森严的厉光。

只因我们不肯看暮色吗？

天更暗，书已看不下去，便去为植物浇水。

我因刚读了几行诗，便对走廊上的众绿族说："哎，你们也请喝点水，我们各取所需吧！"

接下来，我去煮饺子。厨房靠南侧，光线很好，六点了，不开灯还不成问题，何况有瓦斯炉的蓝焰。饺子煮好，浇好作料，仍然端到前面北廊去吃。天愈来愈暗，但吃起饺子来也没什么不便。反正一个个夹起塞进嘴巴，也不需仔细的视觉。我想从前古人狩猎归来，守着一堆火，把兔肉烤好，当时洞穴里不管多黑，单凭嗅觉，任何人也能把兔子腿正确地放进嘴里去的。今人食牛排仍喜欢守着烛光，想来也是借一点怀古的心情。

饺子吃罢，又剥了一个葡萄柚来吃，很好，一点困难也没有。我想，人类跟食物的关系是太密切了，密切到不须借助什么视觉了。

饭后原可去放点录音带来听，但开录音机又要用电，我想想，不如自己来弹钢琴，反正家里没人，而我对自己一向又采取高度容忍政策。

钢琴弹得不好，但不须看谱。暮霭虽沉沉，白键却井然，如南方夏夜的一树玉兰，一瓣瓣馥白都是待启的梦。

琴虽弹得烂，但键音本身至少是玲珑可听的。

起来，在客厅里做两下运动，没有师承，没有章法，自己胡乱伸伸腿，扭扭腰，黑暗中对自身和自身的律动反觉踏实真切，于是对物也觉有亲了。楼下传来花香，我知道是那株两人高的万年青开了花。花不好看，但香起来一条巷子都为之惊动，只有热带植物才会香得如此离谱。嗅觉自有另一个世界，跟眼睛的世界完全不同，此刻我真愿自己是一只小虫，凭着无误的嗅觉，投奔那香味华丽的夜之花。

我的手臂划过夜色，如同泅者，泅过黑水沟，那深暗的洋流。我弯下腰去，用手指触摸脚尖，宇宙漠然，天地无情，唯我的脚趾尖感知手指尖的一触。不需华灯，不需明目，我感受到全人类的智慧也不能代替我去感知的简单触觉。

闻着楼下的花，我忽然想起自己手种的那几丛茉莉花来，于是爬上顶楼，昏暗中闻两下也就可以"闻香辨位"了，何况白色十分奇特，几乎带点荧光。暗夜中，仿佛有把尖锐的小旋刀，一族便凿出一个白色的小坑。那凿坑的位置便是小白花从黑夜收回的失土，那小坑竟终能保持它自己的白。

原来每朵小白花都是白昼的遗民，坚持着前朝的颜色。

我把那些小花摘来放在我的案头，它们就一径香在那里。

我原以为天色会愈来愈暗，岂料不然。楼下即有路灯，我无须凿壁而清光自来。但行路却须稍稍当心，如果做幽光实验，弄得磕磕碰碰的，岂不功亏一篑？好在是自己的家，什么地方有什么东西，心里大致是知道的。

决定去洗澡，在幽暗中洗澡自可不关窗，不闭户，凉风穿牖，莲蓬头里涌出细密的水丝。"国语"叫"莲蓬头"，粤语叫"花洒"，两个词眼都用得好。在香港冲凉（大概由于地处热带，广东人只会说"冲凉"，他们甚至可以说出"你去放热水好让我冲凉"的怪话来），我会自觉是一株给"花洒"浇透了的花。在台湾沐浴，我觉得自己是瑶池仙童，手握一柄神奇的"莲蓬"。

不知别人觉得人生最舒爽的刹那是什么时候，对我而言，是浴罢。沐浴近乎宗教，令人感觉尊重而自在。孔子请弟子各一言其志，那叫点的学生竟说出"浴乎沂，风乎舞雩"的句子。耶稣受洗约旦河，待他自河中走上河岸，天地为之动容。经典上记录那一刹那谓"上帝的灵仿佛鸽子降下，落在他身上"。回教徒对沐浴，更视为无上圣事。印度教徒就更不必提了。

　　而我只是凡世一女子，浴罢静坐室中，虽非宗教教主，亦自雍容。把近日偶尔看到想起之事重咀——再嚼一遍。譬如说，因为答应编译馆要为他们编高中的诗选，选了一首王国维的《浣溪沙》，把那三句"试上高峰窥皓月，偶开天眼觑红尘，可怜身是眼中人"细细揣想，不禁要流泪。想大观园里的黛玉，因一句"如花美眷，似水流年"便痛彻心扉。人世间事大抵如此：人和人可以同处一室而水火不容，却又偶尔能与千年百年前的人相契于心，甚至将那人深贮在内心的泪泉从自己的目眶中流了出来。

　　黑暗中，我枯坐，静静地想着那谜一般的王国维，他为什么要投昆明湖呢？今年二月，我去昆明湖，湖极大，结了冰，仿佛冰原。有人推着小雪橇载人在冰上跑。冰上尖风如刀，我望着厚实的大湖，一径想："他为什么要去死呢？他为什么要去死呢？人要有多大的勇气才会去死呢？"

　　恍惚之间，也仿闻王国维讷讷自语："他们为什么要活着呢？他们得要有多大的耐心才能活下去呢？——在这庸俗崩解的时代。"

　　而思索是不需灯光的，我在幽光中坐着，像古代女子梳她们及地的乌丝，我梳理我内心的喜悦和恻痛。

我去泡茶，两边瓦斯口如同万年前的两堆篝火，一边供我烤焙茶叶，一边烧水。水开了，茶叶也焙香了。泡茶这事做起来稍微困难一点，因为要冲水入壶。好在我的茶壶不算太小，腹部的直径有十五厘米，我惯于用七分乌龙加三分水仙，连泡五泡，把茶汤集中到另外一只壶里，拿到客厅慢慢啜饮。

我喝的茶大多便宜，但身为茶叶该有的清香还是有的，喝茶令人顿觉幸福，觉得上接五千年来的品位（穿丝的时候也是，丝织品触擦皮肤的时候令人意会到一种受骄纵的感觉，似乎嫘祖仍站在桑树下，用慈爱鼓励的眼神要我们把丝衣穿上），茶怎能如此好喝？它怎能在柔粹中亮烈，且能在枯寂处甘润，它像撒豆成兵的魔法，它在五分钟之内便可令一山茶树复活，茶香洌处，依然云缭雾绕，触目生翠。

有人喝茶时会闭目凝神，以便从茶叶的色相中逃离，好专心三思品尝那一点远馨。今晚，我因独坐幽冥，不用闭目而心神自然凝注，茶香也就如久经禁锢的精灵，忽然在魔法乍解之际，纷纷逸出。

电话铃响了，我去接。

曾有一位日本妇人告诉我，在日本，形容女人间闲话家常为"在井旁，边洗衣服边谈的话"，我觉得那句话讲得真好。

　　我和我的女伴没有井，我们在电话线里相逢，电话就算我们的井栏吧。她常用一只手为儿子摩背，另一只手拿着电话和我聊到深夜。

　　我坐在十五年前买的一把本土藤椅里，椅子有个名字叫"虎耳椅"，有着非常舒服的弧度，可惜这椅子现在已经买不到了。

　　适应黑暗以后，眼睛可以看到榉木地板上闪着柔和的反光。我和我的女伴有一搭没一搭地聊着，我为什么要开灯呢？完全没有这个必要啊！摸黑说话别有一种祥谧的安全感。祈祷者每每喜欢闭目，接吻的人亦然，不用灯不用光的世界自有它无可代替的深沉和绝美。我想聊天最好的境界应该是：星空下，两个垂钓的人彼此坐得不远不近，想起来，就说一句，不说的时候，其实也在说，而横亘在他们之间的，是温柔无边的黑暗。

　　丈夫忽然开门归来："哎呀！你怎么不开灯？"

　　"啪"的一声，他开了灯，时间是九点半。我自觉像一尾鱼，在山岩洞穴的无光处生存了四个半小时（据说那种鱼为了调适自己配合环境，全身近乎透明）。我很快乐，我的幽光实验进行顺利，黑暗原来是如此柔和润泽且丰沛磅礴的。我想我该把整个生活的调子再想一想，再调一调。也许，我虽然多年身陷都市的战壕，却仍能找回归路的。

　　后记：整个幽光实验其实都进行顺利，只是第二天清晨上阳台，一看，发现茉莉花还是漏摘了三朵，那三朵躲在叶子背后，算是我输给夜色的三枚棋子。

——一九九三年八月六日《联合报》联副

我自我的田渠
　　　　归 来

我有一个梦

楔　子

四月的植物园，一头走进去，但见群树汹涌而来，各绿其绿，我站在旧的图书馆前，心情有些迟疑。新荷已"破水而出"，这些童年期的小荷令人忽然懂得什么叫疼怜珍惜。

我迟疑，只因为我要去找刘自如先生谈自己的痴梦，有求于人，令我自觉羞惭不安。可是，现在是春天，一切的好事都应该有权利发生。

似乎是仗了好风好日的胆子，我于是走了进去，找到刘先生，把我的不平和愿望一五一十地说了。我说，我希望有人来盖一间"国文"教室——在这自认是中国的土地上——盖一间合乎美育原则的，像中国旧式书斋的教室。

我把话说得简单明了，所以只消几句就全说完了。

"构想很好，"刘先生说，"我来给你联络台中明道中学的汪校长。"

"明道是私立中学，"我有点担心，"这教室费财费力，明道未必承担得下来，我看还是去找教育部门来出面比较好。"

"这你就不懂了，还是私立学校单纯——汪校长自己就做得了主。如果案子交给公家，不知道要左开会右开会，开到什么时候！"

我同意了，当下又聊了些别的事，我即开车回家，从植物园到我家，大约十分钟车程。

走进家门，尚未坐下，电话铃已响，是汪校长打来的，刘先生已把我的想法都告诉他了。

"张教授，我们原则上就决定做了，过两天，我上台北，我们商量一下细节。"

我被这个电话吓了一跳，世上之人，有谁幸运似我，就算是暴君，也不能强迫别人十分钟以后立刻决定承担这么大一件事。

我心里涨满谢意。

两年以后，房子盖好了，题名为"国学讲坛"。

一开始，刘先生曾命我把口头的愿望写成具体的文字，可以方便宣传，我谨慎从命，于是写了这篇《我有一个梦》。

我有一个梦。

我不太敢轻易地把这梦说给人听，怕遭人耻笑——毕竟，在这个世界上敢于去梦想的人并不多。

让我把故事从许多年前说起：南台湾的小城，一个女中的校园。六月，成串的黄花沉甸甸地垂自阿勃拉花树。风过处，花雨成阵，松鼠在老树上飞奔如急箭，音乐教室里传来三角大钢琴的玲珑流泉⋯⋯

啊！我要说的正是那间音乐教室！

我不是一个敏于音律的人，平生也不会唱几首歌，但我仍深爱音乐。这，应该说和那间音乐教室有关吧！

我仿佛仍记得那间教室：大幅的明亮的窗，古旧却完好的地板，好像是日本侵占时期留下的大钢琴，黄昏时略显昏暗的幽微光线⋯⋯我们在那里唱《苏连多岸美丽海洋》，我们在那里唱《阳关三叠》。

所谓学习音乐，应该不只是一本音乐课本、一个音乐老师。它岂不也包括那个阵雨初霁的午后，那熏人欲醉的南风，那树梢悄悄的风声，那典雅的光可鉴人的大钢琴，那开向群树的格子窗⋯⋯

　　近年来，我有机会参观一些耗资数百万或上千万的自然科学实验室。明亮的灯光下，不锈钢的颜色闪烁着冷然且绝对的知性光芒。令人想起伽利略，想起牛顿，想起历史回廊上那些伟大耸动的名字。实验室已取代古人的孔庙，成为现代人知识的殿堂，人行至此都要低声下气，都要"文武百官，至此下马"。

　　人文方面的教学也有这样伟大的空间吗？有的。英文教室里，每人一副耳机，清楚的录音带会要你把每一节发音都校正清楚，电视画面上更有生动活泼的镜头，诱导你可以做个"字正腔圆"的"英语人"。

　　每逢这种时候，我就暗自叹息，在我们这号称为中国的土地上，有没有哪一个教育行政人员，肯把为物理教室、化学教室或英语教室所花的钱匀出一部分用在中国语文教室里的？换句话说，我们可以来盖一间国学讲坛吗？

　　当然，你会问："国学讲坛？什么叫国学讲坛？"国文"哪需要什么讲坛？国学讲坛难道需要望远镜或显微镜吗？"国文"会需要光谱仪吗？"国文"教学不就只是一位戴老花眼镜的老先生凭一把沙喉老嗓就可以廉价解决的事吗？"

　　是的，我承认，曾经有位母亲，蹲在地上，凭一根树枝、一堆沙子，就这样，她教出了一位欧阳修来。只要有一米见方的地方，只要有一位热诚的教师和一位热诚的学生，就能完成一场成功的教学。

但是，现在是二十世纪九十年代了，我们在一夕之间已经暴富，手上捧着钱茫茫然不知该做什么……为什么在这种时候，我们仍然要坚持阳春式的"国文"教学呢？

我有一个梦。（但称它为梦，我心里其实是委屈的啊！）

我梦想在这号称为中国的土地上，除了能为英文为生物为化学为太空科学设置实验室之外，也有人肯为"国文"设置一间讲坛。

我梦想一位"国文"老师在教授"好鸟枝头亦朋友，落花水面皆文章"的时候，窗外有粉色羊蹄甲正落入春水的波面，苦楝树上也刚好传来鸟鸣，周围的环境恰如一片舞台布景板，处处笺注着白纸黑字的诗。

晚明吴从先有一段文字令人读之目醉神驰，他说："斋欲深，槛欲曲，树欲疏，萝薜欲青垂；几席、阑干、窗窦，欲净澈如秋水；榻上欲有云烟气；墨池、笔床，欲时泛花香。读书得此护持，万卷尽生欢喜。阆苑仙洞，不足羡矣。"

吴从先又谓："读史宜映雪，以莹玄鉴。读子宜伴月，以寄远神……读《山海经》《水经》、丛书小史，宜倚疏花瘦竹，冷石寒苔，以收无垠之游，而约缥缈之论。读忠烈传，宜吹笙鼓瑟以扬芳。

读奸佞论，宜击剑捉酒以销愤。读《骚》宜空山悲号，可以惊蛰。读赋宜纵水狂呼，可以旋风……"

啊，不，这种梦太奢侈了！要一间平房，要房外的亭台楼阁花草树木，要春风穿户、夏雨叩窗的野趣，还要空山幽蛰，笙瑟溢耳。这种事，说出来——谁肯原谅你呢？

那么，退而求其次吧！只要一间书斋式的国学讲坛吧！要一间安静雅洁的书斋，有中国式的门和窗，有木质感觉良好的桌椅，你可以坐在其间，你可以第一次觉得做一个中国人也是件不错的事，也有其不错的感觉。

那些线装书——就是七十多年前差点遭一批激进分子丢到茅厕坑里去的那批——现在拿几本来放在桌上吧！让年轻人看看宋刻本的书有多么典雅娟秀，字字耐读。

教室的前方，不妨有"杏坛"两字，如果制成匾，则悬挂高墙；如果制成碑，则立在地上。根据《金石索》的记录，在山东曲阜的圣庙前，有金代党怀英所书"杏坛"两字，碑高六尺（指汉制的六尺），宽三尺，字大一尺八寸。我没有去过曲阜，不知那碑如今尚在否？如果断碑尚存，则不妨拓回来重制，如果连断碑也不在了，则仍可根据《金石索》上的图样重刻回来。

　　唐人钱起的诗谓："更怜童子宜春服，花里寻师到杏坛。"百年来我们的先辈或肝脑涂地或胼手胝足，或躲在防空洞里读其破本残卷，或就着油灯饿着肚子皓首穷经——但这一切是为了什么？岂不是为了让我们的下一代活得幸福光彩，让他们可以穿过美丽的花径，走到杏坛前去接受教化，去享受一个中国少年对中国文化理所当然的继承权？

　　教室里，沿着墙，有一排矮柜，柜子上，不妨放些下课时可以把玩的东西。一副竹子搁臂，凉凉的，上面刻着诗。一个仿制的古瓮，上面刻着元曲，让人惊讶古代平民喝酒之际也不忘诗趣。一把仿同治时代的茶壶，肚子上面刻着一圈二十个字："落雪飞芳树，幽红雨淡霞，薄月迷香雾，流风舞艳花。"学生正玩着的时候，你可以告诉孩子们这是一首回文诗，全世界只有中国语言可以作的回文诗。而所谓回文诗，你可以从任何一个字念起，意思都通，而且都押韵。当然，如果教师有点语言学的知识，他可以告诉孩子汉语是孤立语（Isolating Language），跟英文所属的屈折语（Inflectional Language）不同。至于仿长沙马王堆的双耳漆器酒杯，由于是砂胎，摇起来里面还会响呢！这比电动玩具可好玩多了吧？酒杯上还有篆文，"君幸酒"三个字，可堪细细看去。如果找到好手，也可以用牛肩胛骨做一块仿古甲骨文，所谓学问，有时固然自苦读中得来，有时也不妨从玩耍中得来。

墙上也有一大片可利用的地方，拓一方汉墓石，如何？跟台北画价动辄十万相比，这些古物实在太便宜了，那些画像砖之浑朴大方，令人悠然神往。

如果今天该讲岳飞的《满江红》，何不托人到杭州岳王坟上拓一张岳飞真迹来呢！今天要介绍"月落乌啼霜满天"吗？寒山寺里还有俞樾那块诗碑啊！如果把康南海的那一幅比照来看，就更有意思，一则"古钟沦日史"的故事已呼之欲出。杜甫成都浣花溪的千古风情，或诸葛武侯祠的高风亮节，都可以在一幅幅挂轴上留下来。

你喜欢有一把古琴或古筝吗？有，也可以，没有，也可以。这种事不妨即兴。

你喜欢有一点檀香加茶香吗？有，也可以，没有，也可以。这种事只消随缘。

如果学生兴致好，他们可以在素净的钵子里养一盆素心兰，这样，他们会了解什么叫中国式的芬芳。

教室里不妨有点音响设备，让听惯麦当娜的耳朵，听一听什么叫笛，什么叫箫，什么叫"巴乌"，什么叫筚篥……

你听过"鱼洗"吗？一只铜盆，里面刻镂着细致的鱼纹，你在盆里注上大半盆水，然后把手微微打湿，放在铜盆的双耳上摩擦，水就像细致如丝的喷柱，激射而出——啊，世上竟有这么优雅的玩具。当然，如果你要用物理上的"共振"来解释它，也很好。如果你不解释，只让下了课的孩子去"好奇一下"，也就算够本。

如果有好端砚，就放一方在那里。你当然不必迷信这样做就能变化气质。但砚台也是可以玩可以摸的，总比玩超人好吧？那细致的石头肌理具有大地的性格，那微凹的地方是时间自己的雕痕。

你要让年少的孩子去吃麦当劳，好吧，由你。你要让他们吃肯德基？好，请便。但，能不能，在他年少的时候，在小学，在中学，或者在大学，让他有机会坐在一间中国式的房子里。让他眼睛看到的是中国式的家具和摆设，让他手摸到的是中国式的器皿，让他——我这样祈祷应该不算过分吧——让他忽然对自己说："啊！我是一个中国人！"

音乐有教室，因为它需要一个地方放钢琴。理化有教室，因为它需要一个空间放仪器。军训也有教室，体育则花钱更多。那么，容不容许辟一间"国学"讲坛呢？这样的梦算不算妄想呢？如果我说，教国文也需要一间讲坛——那是因为我有一整个中国想放在里面啊！

我有一个梦！这是一个不忍告诉别人，又不忍不告诉别人的梦啊！

——一九九三年五月十二日《"中央"日报》副刊

我想走进那则笑话里去

　　围坐喝茶的深夜，听到这样的笑话：

　　有个茶痴，极讲究喝茶，干脆去住在山高泉洌的地方，他常常浩叹世人不懂品茶。如此，二十年过去了。

　　有一天，大雪，他瀹水泡茶，茶香满室，门外有个樵夫叩门，说：

　　"先生啊！可不可以给我一杯茶喝？"

　　茶痴大喜，没想到饮茶半世，此日竟碰上闻香而来的知音，立刻奉上素瓯香茗，来人连尽三杯，大呼，好极好极，几乎到了感激涕零的程度。

　　茶痴问来人：

　　"你说好极，请说说看，这茶好在哪里？"

　　樵夫一面喝第四杯，一面手舞足蹈：

　　"太好了，太好了，我刚才快要冻僵了，这茶真好，滚烫滚烫的，一喝下去，人就暖和了。"

因为说的人表演得活灵活现，一桌子的人全笑了，促狭的人立刻现炒现卖，说：

"我们也快喝吧，这茶好哒！滚烫哩！"

我也笑，不过旋即悲伤。

人方少年时，总有些耽溺于美。喝茶，算是生活美学里的一部分。凡有条件可以在喝茶上讲究的人总舍不得不讲究。及至中年，才不免暮然发现，世上还有美以外的东西。

大凡人世中的美，如音乐，如书法，如室内设计，如舞蹈，总要求先天的敏锐加上后天的训练。前者是天分，当然足以傲人，后者是学养，也是可以自豪的，因此，凡具有审美眼光之人，多少都不免骄傲孤慢吧？《红楼梦》里的妙玉已是出家人，独于"美字头上"勘不破，光看她用隔年雨水招待贾母刘姥姥喝茶就知道了，喝完了，她竟连"成窑五彩小盖钟"也不要了——因为嫌人脏。

黛玉平日虽也是个小心自敛的寄居孤女，但一谈到美，立刻扬眉瞬目，眼中无人，不料一旦碰上妙玉，也只好败下阵来，当时妙玉另备好茶在内室相款，黛玉不该问了一句：

"这也是旧年的雨水？"

　　妙玉冷笑一声：

　　"你这么个人，竟是个大俗人，连水也尝不出来！这是五年前我在玄墓蟠香寺住着，收的梅花上的雪，总共得了那一鬼脸青的花瓮一瓮，总舍不得吃，埋在地下，今年夏天才开了，我只吃过一回，这是第二回了。你怎么尝不出来？隔年蠲的雨水，那有这样轻浮？如何吃得？"

　　风雅绝人的黛玉竟也有遭人看作俗物的时候，可见俗与不俗有时也有点像才与不才，是个比较上的问题。

　　笑话里的俗人樵夫也许可笑——但焉知那"茶痴"碰到"超级茶痴"的时候，会不会也遭人贬为俗物？

　　为了不遭人看为俗气，一定有人累得半死吧！美学其实严酷冷峻，其无情处真不下于苛官厉鬼。

　　十六世纪的日本有位出身寒微的木下藤吉郎，一度改名羽柴秀吉，后来因为军功成为霸主，赐姓丰臣，便是后世熟知的丰臣秀吉。他位极人臣之余很想立刻风雅起来，于是拜了禅僧千利休学茶道。一切作业演练都分毫不差，可是千利休却认为他全然不上道。一日，丰臣秀吉穿过千利休的茶庵小门，见墙上插花一枝，赶紧跑到师父面前，巴巴地说了一句看似开悟的话：

"我懂了！"

千利休笑而不答——唉！我怀疑这千利休根本是故布陷阱。见到花而大叫一声"我懂了"的徒弟，自以为因而可以去领"风雅证书"了，却是全然不解风情的。我猜千利休当时的微笑极阴险也极残酷。不久之后，丰臣就借故把千利休杀了，我敢说千利休临刑之际也在偷笑，笑自己有先见之明，早就看出丰臣秀吉不能身列风雅之辈。

丰臣秀吉大概太累了，"风雅"两字令他疲于奔命，原来世上还有些东西比打仗还辛苦。不如把千利休杀了，从此一了百了。

相较之下，还是刘姥姥豁达，喝了妙玉的茶，她竟敢大大方方说：

"好虽好，就是淡些。"

众人要笑，由他去笑，人只要自己承认自己蠢俗，神经不知可以少绷断多少根。

那一夜，在众人的哄笑声中，我真想走到那则笑话里去，我想站在那茶痴面前，他正为樵夫的一句话气得跺脚，我大声劝他说："别气了，茶有茶香，茶也有茶温，这人只要你的茶温不要你的茶香，这也没什么呀！深山大雪，有人因你的一盏茶而免于冻僵，你也该满足了。是这人来——虽然是俗人——你才有机会可以得到布施的福气，你也大可以望天谢恩了。"

怀不世之绝技，目高于顶，不肯在凡夫俗子身上浪费一丝一毫美，当然也没什么不对。但肯起身为风雪中行来的人奉一杯热茶，看着对方由僵冷而舒活起来，岂不更为感人——只是，前者的境界是绝美的艺术，后者大约便是近乎宗教的悲悯淑世之情了。

——一九九三年十月二十九日《"中时"·人间版》副刊

后　记

凡夫俗子的人生第一要务便是：活着

一九七〇，那一年，我记得很清楚，我是个"伟人"——我是指肚子部分。

那年四月，我怀了孩子，这个孩子，今年六月自台大外文系毕业。我想，我该比那些傻不拉叽的小学生更有资格说一句"光阴似箭，日月如梭"吧？

那一年，二月里，我曾夭折一个女儿，才六十天大的小儿，我非常痛，不肯接受任何安慰。

我平生顺遂，如有悲痛，也多是为些堪称"伟大"的理由，例如国家民族之类。只有这一次，我是为自己恸哭，生命原来如此脆薄不堪一击，我当时未满三十，第一次了解什么叫生、老、病、死，走在殡仪馆的长廊上，我送小孩的尸体去冰冻室，深夜里，我哀泣不止，殡仪馆的老工人走来安慰我道：

"太太啊！是儿不死，是财不散哪——"

年轻的我怎能服气呢！但那抬尸的老工人，至今想来，竟像荒天漠地里的预言家，为人世指点迷津……

"神啊，让我的女儿再回来做我的女儿吧！"我祈祷。

我知道我的祈祷不合理，我知道这世上并不是失去孩子的母亲都有权再要一个回来。我知道我如果有新的子女，他也只是他自己，而不是任何别人。然而，我仍哭泣哀求，还给我一个小小的女儿吧！还给我吧！

孩子出世了，在翌年早春，是个女儿。

我忽然发觉自己原来不会记年，我所有记事的方法都是根据孩子来的，儿子出生于一九六八年，女儿是一九七一年，其余的事，我便只去记下是在儿子几岁或女儿几岁时发生的……一九六几或一九九几对我而言反而没有什么意义。

那些年，从一九六九年，我被李曼瑰老师拉着，年年演戏，累得要死——这么说，如果给老外听了，一定会大惑不解，"你爱演戏就演，不爱演就不演，哪里可以说是别人逼的。"但中国人大概会懂，中国人为了相知相惜的情分，割头的事也肯做的。

事情开始的时候是这样的，李老师办了一个戏剧讲习班，我那时因儿子已过半岁，喂奶不必那么频繁，看看讲习班里倒不乏些名流，例如俞大纲先生，便决心报名参加。不料这种事参加的人往往虎头蛇尾，不多久，我就发现只剩我跟另外一个同学在撑场面了。这时候，那终生嫁给戏剧的李曼瑰教授正努力分析易卜生的好处给我们听。也正在这时候，我那唯一的同学跑来跟我说，放寒假了，她要回南部去了。从此以后，我便只好独木撑天。李老师气管不好，每次爬上设在四楼的戏剧艺术中心，总要先咳个惊天动地（我现在回想，她其实生活谨严，她呼吸系统的毛病应该是受二手烟之害，她身边共事的人多是些老烟枪）。碰到这种老师，你又怎敢缺席，我们就这样一师一徒把讲习班有头有尾地结束了。其间，李老师一径催我写个剧本给她瞧瞧，我只好写了一个。不料她竟颁了个"李圣质先生夫人纪念奖"给我。我那时已得过中山文艺的散文奖，并不想转来碰戏剧。中山奖是五万，李老师的那份只有五千——但这奖是李老师为了纪念父母而设的，算来，其间真有钱以外的无限深意。

李老师可以说是循循善"诱"，颁了奖，她又拿钱出来鼓励我演出。这以后，她一直不忘督促我继续写戏。那阵子我们年年推新戏，档期定在圣诞至新年的假期，算是跨年演出。其中比较出名的是一九七二年演《武陵人》，一九七四年演《和氏璧》，一九七五年演《第三害》，一九七六年演《严子与妻》。

其中最难舍难忘的是我没有演出的那部，叫《自烹》，写的是易牙烹子以献齐桓公的那段历史。不知为什么，奔走在市政府教育局和警总之间就是拿不到演出证。这种事麻烦的是，你找不到关键，你也不知找谁吵架，你只能"听说"，听说似乎有人怕剧本有所影射，听说似乎有人嫌剧本血腥——但天知道我一向反对舞台剧太写实，事实上，舞台上连婴儿都不会出现，何来血淋淋的杀婴场面？

那年头，其实也并没有真的什么大不了的文化迫害，我认为问题出在承办人，他们缺少一个肯担当的肩膀。其实，第一层的阎王可能只要你有六十分就放行。然而，命令下达到了大鬼手里，为了怕自己因宽松而惹祸上身，他私自定下七十分的标准。事情再转到中鬼手里，不得了，标准竟升到八十分了。接下去，小鬼级的便要求九十分。可是，不幸的升斗小民，如我，在办这种事的时候碰来碰去，碰到的都是更小的"小小鬼"。俗话说："阎王好见，小鬼难缠。"我多么想抓个阎王来当面大吵一架，可是，问题是你根本找不到阎王在哪里啊！

《自烹》终于不能演出，其间我本来以为一向爱护我的李老师会出面拍胸脯请警总或教育局放一马，不料她反来劝我：

"你不懂，"她说，"别演了！否则对你不好。我这是为你着想——以后你会懂。"

我想她是真心想对我好，但她怕什么呢？我却是不怕的啊！

《自烹》在台湾不能演出却在香港演了。以后二十世纪八十年代又在上海演。

我的另一出戏《和氏璧》，一九八六年在北京演出，大约连演八十场（现在要创这种纪录就难了，电视机多了，舞台观众就少了）。

一九九二年我赴西安要走一趟丝路，在咸阳机场一出门就冲上来一个高大的男子，死死抱紧我不放，并且冲动地哭起来。他就是梁国庆，在遥远的北京演我的"卞和"令之复活的那人。

文学很奇怪，我写《和氏璧》，想写的是人类对于真理的坚持，这戏搬到北京，卞和的受难竟也能勾出对岸的眼泪——虽然他们哭的是我做梦也没想到的十年浩劫。

写戏的那几年，掌声不断，谩骂亦四起，其中唐文标先生骂得最努力。我想他既然连我深敬的张爱玲也骂了，我挨骂也就不足惜了。唐氏后来死于鼻咽癌，快十年了。

说起挨骂，我倒也经验丰富，那时代因为冒出乡土文学的论战，有时不免到处看到耙光棍影。记得有天我在做事，小女儿蹲在我脚边玩，大概因为玩具不好玩，她竟玩起我的脚来，玩着玩着，她忽然柔声说了一句：

"妈妈，我爱你的脚。"

我为她这句话而大受感动，世界虽大，世人虽众，但谁会来稀罕你的脚呢？我把这温馨的感觉写了篇五百字的短文，不料也会遭钉耙追打。当时有位潘荣礼先生大概认为如此"闺秀派"实在是文章末流，于是为文讽骂一番，说什么"女作家的白嫩小脚"，我的脚并不细嫩（就算细嫩也并不可耻），这样的一双脚去过考伊兰难民营，走过遥长的泰北山路，也曾和医学生一起去过四湖乡、箔子察那样的地方，没什么好惭愧的。何况以五百字的短文来写母女之情也要挨骂的话，未免太没有世道了。但我没有理他。

在杀伐之气流行的时代，连不杀伐都得挨骂呢！

一九七九年，我和丈夫赴美去参加座谈、去演讲、去上电视，那时心情很单纯。那一年，例行的舞台剧便没有演出，那一停，就一直停下来了。何况，李老师去世了，没有人会再来逼我了。

不演戏以后就来重操旧业写散文，这才发现写散文真好，因为写完一篇散文就是写完了。但写完一本戏，一切才有待开始呢！

有一天，重读《论语》，读到孔子说"吾无可无不可"，非常喜欢，用今人的习惯，那话可以这样说：

"我对事情的分析标准不是绝对的，我没有'预设立场'，我不会绝对拒绝或绝对接纳，一切要看当时的状况而定。"

我因喜欢这句话，所以想出一个"可叵"的笔名来，"叵"是"不可"的意思，它的字形和"可"字相反，读作"颇"（是"不可"两字急速连续所发的音），我认为"可叵"是个很好的写杂文的名字。

我居然因为找到个笔名而开起专栏来写杂文了，后来还出了两本书。那阵子很快乐，因为看别人猜不出这可叵是谁实在很得意。

有人问我为何写杂文，我想，那是因为我有很多愤怒和无奈，不忍在醇美的散文里写出来。我想骂人的时刻，便是可叵。我想感激人世的时候，便是晓风。美文是"千秋事业"，杂文"只争一朝一夕"。

一九七五年五月，有位韩伟博士要求当晚前来拜访我，晚上他果真来了。坐定之后，他很诚恳地告诉我，他已见过经国先生，谈了十五分钟，经国先生已决定任他为阳明医学院院长。这所新的医学院是公费制，企图在资本主义边缘找一条路，以七年公费待遇换学生毕业后下乡服务。韩先生很愿意支持这理想，他来找我是因打算聘我为阳明的老师。但阳明是医学院，我去了只有大一"国文"可教，我原来是执教于中文系的。而韩先生极诚恳，他保证班级会小，三十人一班，他说：

"如果你答应，你就是我聘到的第一位老师。"

我答应了他，我当然不是阳明最重要的老师，他所以第一个想到我，完全是因为我身在台湾，他要请的其他旅美学人一时还无法联络上。

韩院长办学极拼，九年后死于脑瘤。

我原来觉得赴阳明教书，是为一个学者的情义所动。而对我自己——一个"中文系人"——的学术前途而言，则是一桩牺牲。其实也不尽然，以前我只需面对文学院的学生，讨论一首诗一阕词，心里想的是词牌，是平仄，是对仗。现在，面对文学院以外的人，我发现需要另一套对话的本领，另一番思考的方法，医学院的人文教学也自有其迷人处。我后来为《"时报"人间版》出版的中国经典丛书写古典戏曲的部分，最近三年又为编译馆编写小学、初中、高中的诗学教材，都是基于想带文学走出文学院的心情。

一九七一年，出版界有一盛事，当时有位早慧诗人黄荷生，办了一家巨人出版社，这家出版社发愿要出一套《现代中国文学大系》，选的是一九五〇到一九七〇年的文章，我负责编散文部分。

参加编选的同人似乎第一次好好盘点了自己这块土地上的文学实力，知道我们其实拥有这么多卓然成家的好手。此书于一九七二年一月出版，后来在海外的中文教学上很有用，而且居然也没赔本。

而我们这些编者，很幸运地，也都纷纷活着，活到一九八八年。忽然有一天，九歌出版社的蔡文甫先生又邀我们开会，原来他为了要庆祝五四的七十周年，打算再编一套现代文学大系，时间是从一九七〇到一九八九年。

相较之下，上次编的只有八册，每册厚约一厘米半，这次却有十五册，每册厚约三厘米。以前只包括诗、散文、小说，现在则增加了戏剧和文学批评。从前没有付转载费（那年头，不讲什么知识产权，讲的是"欢迎翻印，以广流传"），现在则一一征询同意，十七年过去，我们有理由更满意今天的成绩。

忽然发现一项真理，讲"不朽"，是圣人的事。至于我们这些必朽之辈的"人生第一要务"，就是要"好好活着"。譬如那朱桥（忘了，他死于一九六九年吧？），今天提起他的名字，知道的人又有几个呢？他三番五次去自杀，终于成功，他要是不死，就会发现自己在文化和婚姻市场上都忽然成了抢手货。他是和痖弦、梅新都可以平起平坐的人物。唉，他其实只需再熬几年，就可以看到"形势一片大好"——就算"形势一片大坏"，我也须活着才能看得见管得着啊！

我因活着，可以又来编一次规模更正式的文学大系，算来真是无限欣慰。

女儿系上公演，我去看，女主角在台上巧笑倩兮，啊，她不就是我那位才子型好友生死难舍的恋人吗？她的人和她的戏都和二十年前一样俏美。啊——不对，不对，那美丽的女子早已另嫁，这一位，是她的侄女。

前不久，陪女儿去考研究所，她考上了，那正是她父亲当年读研究所的学校。我想，凡我凡夫俗子，除了以"活着"为第一要务外，第二要务就该是结婚生小孩了。人生仿佛因而从"直线单行道"变成了"周而复始的圆形跑道"。在我们和"永恒"角力，注定要输的战局里，一旦有了第二代，便立刻有了"屡败屡战"的新筹码，就可以跟对手再歪打胡缠一阵，说不定也能赢回一局半局亦未可知。

——一九九三年七月二十四日《"中时"·人间版》副刊

图书在版编目（CIP）数据

　　我自我的田渠归来 / 张晓风著 . —— 长沙：湖南文
艺出版社，2019.4
　　ISBN 978-7-5404-8800-0

　　Ⅰ . ①我… Ⅱ . ①张… Ⅲ . ①散文集—中国—当代
Ⅳ . ① I267

中国版本图书馆 CIP 数据核字（2018）第 158090 号

著作权合同登记号：图字 18-2018-104

本书由台北九歌出版社有限公司授权出版

上架建议：名家·散文

WO ZI WO DE TIANQU GUILAI

我自我的田渠归来

作　　者：张晓风
出 版 人：曾赛丰
责任编辑：薛　健　刘诗哲
监　　制：蔡明菲　邢越超
策划编辑：蒋淑敏
特约编辑：李乐娟
版权支持：张雪珂　文赛峰
营销支持：傅婷婷　文刀刀　张锦涵
版式设计：李　洁
封面设计：棱角视觉
出版发行：湖南文艺出版社
　　　　　（长沙市雨花区东二环一段 508 号　邮编：410014）
网　　址：www.hnwy.net
印　　刷：北京中科印刷有限公司
经　　销：新华书店
开　　本：880mm×1270mm　1/32
字　　数：128 千字
印　　张：7.5
版　　次：2019 年 4 月第 1 版
印　　次：2019 年 4 月第 1 次印刷
书　　号：ISBN 978-7-5404-8800-0
定　　价：46.80 元

若有质量问题，请致电质量监督电话：010-59096394
团购电话：010-59320018